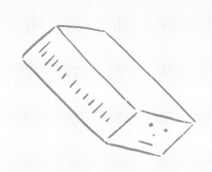

KB014656

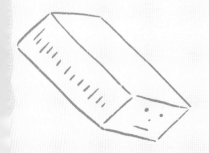

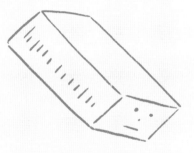

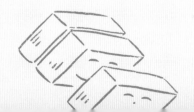

(사물에게) 배웁니다

오늘이 좋아지는 마법

(사물에게) 배웁니다

임진아 지음

책을 펼친 이 순간부터

주위의 사물들이 당신에게 마법을 걸기 시작할 거예요.

오늘이 조금 더 좋아지도록 말이에요.

우리 곁에는 늘 사물이 있습니다.
눈을 지그시 감고 그 사물들의 이야기에 집중해보면
그간 무심결에 쌓인 유대감이 느껴집니다.
크고 작은 사물들은 말없이 그저 놓여 있을 뿐이지만,
사실 이 세상에서 가장 잠잠하게 나를 지키는 것은
그들이었습니다.

사물은 내게 닥친 사소한 문제를 곧장 해결해주고,
어둠에 가까워지려는 나의 손에 무언가를 쥐여줍니다.
사물은 편지가 되어 차마 하지 못한 말을
전해주기도 하고,
직접 표현하지 않은 친구의 응원도
단번에 느끼게 해줍니다.

내가 원하는 일상을 보여주고,
그렇게 꾸려진 생활을 이어가게 해줍니다.
설명하지 못하는 나의 취향들에 대해
사물은 그 존재로서 충분한 설명이 되어주지요.
그렇게 해마다 내 주변의 사물과 나는 점점 닮아갑니다.
어쩌면 그 사물들에 내가 가까워지고 있는지도
모르겠습니다.

나와 혹은 타인과의 경험만으로는
배울 수 없는 것투성이입니다.
소리 없이 말을 건네는 사물들에게서
더 많은 이야기를 듣습니다.
말이 없는 대상의 말을 듣고 배우는 마음을 갖는다는 건,
생활의 단면이 조금씩 너그러워지는 일.

잊지 말아야 합니다.

매일 사물에게서 도움을 받고,

사물 안에 나의 이야기를 수납해둔다는 사실을요.

나를 좋아하기란 결코 간단한 일이 아니지만

분명한 건 어제의 나보다 오늘의 나를

더 좋아하고 싶다는 마음입니다.

매일의 과정을 사물을 통해 들여다보고 싶습니다.

그렇게 내일까지 향하고 싶습니다.

마음에 여유가 생기거든
그 마음속에 얼른 수납장 하나를 놓아보세요.
내 이야기가 듬뿍 담긴 사물들이
그곳에 매일 꾸준히 진열되기를 바랍니다.
그 연습을 함께하고 싶습니다.

2020년 여름
임진아

01

(시작의) 사물들

02

(생활을 키우는) 사물들

03

(오늘의 나를 살리는) 사물들

04

(행복이 담긴) 사물들

05

(시간이 머무는) 사물들

06

(우리를 위한) 사물들

(시작의)

사물들

〈사물 씨〉와 하이파이브

꼭 해야 하는 일이 있는 날에는 기상하자마자 눈에 힘부터 주게 된다. 꼭 해야 한다는 의미를 넘어, 하지 않으면 안 되는 하루다. 침대에서 벗어나 신나는 비트의 가요를 크게 틀고, 아침밥으로 차린 빵을 비장하게 오물거린 후, 키키와 훈련하듯 산책을 마치고 돌아와 발을 씻겨주면서 키키에게 말을 건넨다.

"오늘은 연습하면 안 돼. 시간을 허투루 보내면 안 되고, 실수하면 안 되는 날이야. 어떤 작은 역사가 만들어지는 일이야. 무슨 역사냐고? 내 역사지!"

키키는 무심한 듯 인자하게 나를 바라보며 발을 차례차례 내민다.

"잘하고 올게. 너도 잘 놀고 잘 자고 있어."

입이 심심하거나 배가 고프면 업무에 큰 지장이 있기에 간식과 끼닛거리를 챙기고, 키키를 위한 간식도 집 안 곳곳에 숨기고는 씩씩하게 집을 나선다. 나와의 언어를 나름대로 차곡차곡 쌓아가는 키키는 산책 외출과 출근 외출 정도는 가볍게 분간할 줄 알아서 현관 앞으로 배웅조차 나오지 않고 숨겨둔 간식을 찾기 바쁘다. 그 덕에 마음 편히 집을 나서는 임 씨.

몇 시간이 걸릴지 가늠할 수 없는 업무를 하기 전의 마음
은 무겁고 복잡하기만 해서 세상과 나 사이에 긴장의 끈
이 연결되어 있는 것 같다. 조금이라도 허투루 행동하면
끈은 가차 없이 팽팽해진다. 작은 행동에도 시간을 쓴다
는 게 아까워져서 화장실에 가는 시간을 줄이게 되는 날.
미리 해놓지 않은 벌을 몸으로 달게 받겠다는 듯 '이것만
하고'의 차례가 화장실과 작업 책상 사이에 우뚝 서 있다.

그런 하루 속에서도 긴장의 끈을 하나씩 놓게 해주는 것
은 눈앞의 말 없는 사물들의 마주 보기다. 바라보기만 해
도 귀여운 친구들을 가까이에 두거나, 말이 없는 사물 친
구에게 장난을 치다 보면 마음이 조금씩 느슨해진다.
핸드드립 커피를 내리거나 허브차를 우리기 위해 전기
포트에 물을 데우는 시간이 그렇다. 물이 끓어오르는 듯
하면 슬며시 다가가 내려진 버튼 위에 미리 손을 갖다 댄
다. 완벽히 끓어오르면 버튼이 힘 있게 제자리로 돌아오
는데, 그때 손끝으로 전해지는 기운이 재미있어서 이제는
일상에 자리 잡은 버릇이 되었다. 늘 멈춰 있는 전기포트
와 손가락으로 하이파이브하는 것 같은 기분.

탁! 하는 기운을 받은 후 웃지 않는 듯 웃으며 커피를 내
리고, 오늘의 선호에 들어맞는 컵에 조심히 옮겨 담아 작
업 책상에 턱 올리면, 나만 힘을 내면 되는 순서가 눈앞에
펼쳐진다. 애네들은 할 수 있는 모든 일을 다 해냈다. 이
제 나만 성실하게 임하면 된다는 걸 인정하는 순간이다.

어떤 일은 예상보다 몇 배나 오래 걸리고, 어떤 일은 걱정했던 것보다 일찍 끝난다. 바짝 긴장하는 일이면 어째 금방 끝나는 것 같다.

오늘의 일이 역사가 되었는지는 모르지만, 오늘 했기에 오늘을 닮은 결과가 나왔다고 생각하며 아주 천천히 메일을 보낸다. 내일 오전에 도착하게 될 예약 메일을. 그렇게 내 업무가 끝나면 내 컵도 퇴근 시간. 마셨던 컵을 닦고 건조대에 뒤집어놓아 쉴 시간을 주고, 다가올 시간에게는 물기 말리는 일을 건넨다. 말없이 열심이던 작업실을 깔끔히 나서며 딸기 그림 스티커가 붙은 형광등 스위치를 콕 눌러 끈다. 스티커와 손가락을 마주치며 기분 좋게 인사를 나누기 위해 오늘을 열심히 산 것 같다.

그리고 키키가 있는 집으로 향하며 생각한다. 무사히 끝나서 다행이지만, 다음에는 미리 해두는 게 어떻겠냐고. 하지만 오늘과 비슷한 날을 얼마 뒤에 다시 마주할 거란 사실 또한 딱히 부정하지 않는다. 바쁘고 벅찬 날일수록 사물 앞에서 장난꾸러기가 되니까.

사물에게 배웅받는다 〈서울에서〉

(시차의) 사물들

새로운 시작이 가능한 (양파)

마트에서 한 망 가득 든 양파가 세일 중이다. 2천 원. 혼자 살면서 한 망짜리 양파를 사다니. 염가가 꼬시는 낭비인 줄 알면서도 호기롭게 무거운 양파를 들고 집으로 돌아왔다.

양파가 줄어드는 속도는 당연히 느렸다. 매일 양파로 음식을 해 먹는 것도 아니고, 양파에게는 오이처럼 손에 들고 깨물어 먹을 수 있는 너그러운 면도 없고, 양배추처럼 키키와 동등하게 나눠 먹을 수 있는 채소도 아니므로(개는 절대 양파를 먹으면 안 된다) 겨우 한 알씩 드문드문 먹어 없앴고, 어느샌가 양파가 들어가지 않은 음식만 먹으며 지냈다.

잊고 있던 양파가 오랜만에 생각났다. 이제는 먹기 위해서가 아니라 처리하기 위해서 양파를 만져야 한다. 양파망을 손가락 두 개로 들어올리니 "으…" 소리가 절로 나왔다. 호들갑 떨며 싱크대로 뛰어가 곧장 고무장갑을 끼고 몇 알 남은 양파를 꺼냈다. 고무장갑을 꼈지만 불쾌함은 충분히 전해졌다. 혼자 산다는 건 식재료들이 사라지는 과정을 하나씩 알게 되는 일. 음식물을 버릴 때면 '정말로 지옥에 가서 내가 먹게 되는 걸까' 하며 죄책감을 느끼다가도, '그렇다면… 쫄깃한 식빵을 상하기 전에 미리 버린다면?' 하고 시뻘건 지옥에 쭈그리고 앉아 버려진 딸기 꽁다리를 식빵 위에 얹어 먹는 상상을 한다. 그렇지만 빵만큼은 절대로 버리고 싶지 않다. (음식물 쓰레기를 만들지 맙시다! - 쁘띠 캠페인)

참고로 말해두자면 양파 껍질은 엄연히 일반쓰레기로 분류된다. 쓰레기만 잘 분류해서 버려도 지옥에서 양파 껍질 먹을 일은 없다. 지금 내가 처리 중인 것은 더는 껍질처럼 보이지 않게 된 질퍽거리는 섬유질. 껍질을 벗기자 심하게 짓물러 있고, 곰팡이가 멍처럼 피어 있다. 또 이렇게 식재료와 안녕인가 싶어 마음이 가라앉아, 애써 덤덤한 표정을 지으며 흐르는 물에 양파를 한 겹씩 벗기는데 별안간 안쪽에서 단단함이 등장했다.

"와."

순식간에 찌푸려진 마음이 펴졌다. 각박하게 고무장갑을 낀 채 작별 인사를 하려고 했는데 새 양파를 만났다.

많은 겹으로 이루어진 덕분에 새로운 시작이 가능하다니. 맑은 표정이 생각났다. 서로에게 알게 모르게 상처를 주고받았던 친구와 애써 함구하고 지내다가, 상처보다 서로 마주 보는 기쁨이 더 선명하기에 각자 상처를 씻어내고 다시 맑게 지을 수 있던 관계의 표정 같은. 그런 새로운 시작.

 잘 버리려고 씻던 양파를, 잘 먹기 위해 씻었다. 원래 크기보다 조금 작아지긴 했지만 미끄러운 막 하나를 벗겨내니 뽀득뽀득 소리가 났고, 그제야 웃음을 지었다. 어쩐지 카레 냄새가 나는 것만 같았다. 남은 양파로 카레를 만들기로 다짐하자 양파가 다르게 보였다. 다르게 보였다기보다는 원래의 양파로 보였다.
 여지가 있는 채소라는 걸 이제는 알지만 더 이상 한 망 가득 사지 않는다. 양파는 꼭 두 알씩. 여지를 발견하면 한없이 나태해질 수 있는 나의 나쁜 버릇을, 양파에게 자꾸만 적용할 수는 없으니까.

(휴대폰)이 만든 창

하루를 보낼 만큼 보낸 후, 이제 잠자는 일만 남은 심야의 시간은 얼마나 행복한지. 두 다리를 쫙 뻗을 수 있는 시간에 기쁨을 느낀다면, 요즘의 생활이 그럭저럭 나쁘지 않다는 뜻이기도 하다. 그 시간에 책을 읽으면 좋다는 걸 알면서도 손에 쉽게 잡히는 휴대폰을 들고 누워 있게 된다. 여러 SNS를 오가며 여럿의 흔적을 구경한다. 아직 만나지 않은 사람, 몇 번 만난 사람, 매일이 궁금한 사람과 그다지 궁금하지는 않지만 보게 되는 사람들의 흔적과 소식이 뒤엉켜 있다.

별 이야기 아닌 것들이 주로 올라오지만, 종종 새로운 소식이 게시되는 날이 있다. 평소에는 귀여운 고양이 사진이나 그날 먹은 음식, 혹은 금방 웃고 지나칠 말장난을 쓰던 사람이 모처럼 반짝반짝 빛을 내며 평소와는 다른 말투로 그동안 준비했던 것을 공지한다.

새로운 에세이집 출간을 알리는 글, 신곡을 써봤다며 올린 피아노 연주, 몇 달에 걸쳐 작업한 웹 디자인 완료 소식, 탈고를 자축하는 맥주 사진, 전국투어 공연을 알리는 포스터, 새 메뉴를 만들었다는 단골 카페의 공지.

평소엔 소소한 장면만 올리던 사람들이 언제 이런 것들

을 준비하며 지낸 선가 싶다가도, 혼자만의 시간 안에서 고요하고 진득하게 전에 없던 무언가를 만드는 시간을 가늠해보게 된다. 각자의 시간이 존재했다는 당연한 사실이 새삼스레 선명해지며 왠지 마음이 뜨거워진다. 휴대폰이라는 창으로 알게 되는 그들의 진짜 시간. 내면에 있던 알맹이들. 모두의 크고 작은 소식들.

아, 기술의 힘은 대단해. 거창한 소식을 일기처럼 전할수 있고, 나 또한 누워서 알 수 있다니. 타인의 새로운 소식을 마주할 때면 힘을 받는다. 그 힘으로 다음의 나를 떠올려보며 새로운 다짐을 이어간다. 지금은 비록 누워 있지만, 오늘도 아침에 먹은 토스트 사진만 게시한 하루였지만, 이런 오늘을 지낸 나도 언젠가는 조용히 준비한 것들을 매듭지으며 모처럼 휴대폰을 꽉 잡고 소식을 전할수 있겠지. 나의 소식도 누군가에겐 누워서 힘을 내게 하는 기쁜 알림이 될 수 있을까. 조금만 더 힘내자. 이 창문으로 새로운 소식을 바람처럼 가볍게, 여럿에게 닿을 수있도록 전송하는 날을 그려본다.

개켜서 접은 (봉투)

전시차 도쿄에 방문했을 때 일행 H와 일정의 반절을 함께했고, 반절은 숙소를 옮겨 나 혼자 지냈다. 타지 생활 중 세탁은 내 몫이 아니었다. 평소 스트레스를 풀기 위해 세탁을 하는 사람이 바로 H. 빨래를 하고, 빨래를 널고, 완벽하게 마른 빨래를 개키고, 빳빳해진 옷을 입을 때마다 일상적 행복을 느끼며 사는 사람이 바로 그다.

긴 여정이니 빨랫감은 쉽게 생겼다. H가 먼저 한국으로 돌아가기 하루 전, 그는 밀린 빨래를 했고 그사이 나는 숙소를 옮기기 위해 내 짐을 싸느라 바빴다. 다음 날 아침 H는 빨래를 전부 개켜서 나의 옷 파우치에 정리까지 해주었다. 그리고 우리는 낯선 동네에서 손을 높이 들어 인사한 후 각자의 일정을 향해 뒤돌았다.

새로운 아침이 되고 온전히 혼자 보내게 된 일정에서 마주한 티셔츠 세 장. 나는 도저히 낼 수 없는 깔끔함에 감탄했다. 그냥 잘 마른 빨래가 아닌, 아주 야무지게 다물어진 봉투 같았다. 내가 먼저 돌아가더라도 혼자 잘 지내라는, 씩씩하게 다니라는, 일을 잘 마무리하라는, 잘 마무리하지 않더라도 기죽지 말라는, 허리를 곧게 펴고 힘을 내라는 응원이 담긴 빳빳한 편지였다.

세 장의 옷을 한꺼번에 들어올려 얼굴을 묻고 깊은숨을

들이마셨다. 어제와 다른 새로운 냄새. 볕에 바삭하게 마른 섬유의 기운이 기분 좋게 전해졌다. 모자람 없이 마른 빨래가 완벽히 접혀 있는 모습에는 새 옷엔 없는 당찬 기운이 감돈다. 봉투를 열듯 오늘 입을 옷을 펼쳐 입으니, 거울 앞에 선 내가 절로 웃어 보인다.

되도록 행동으로도 전하는 사람이 되고 싶다. 말보다는 시간이 걸리지만, 은은한 기운을 상대가 알아차려야 하지만, 설령 닿지 않더라도 행동으로 보이지 않는 봉투를 부치는 사람이 되고 싶다. 그렇게 주고받는 봉투가 서로의 마음에 쌓이는 장면을 즐거운 상상으로 삼고 싶다.

내가 좋아지는 (사물들)

시간이 빠듯해 대충 골랐지만 종일 눈이 가는 양말,
집에 두고 나온 줄 알았는데 주머니에서 잡히는 이어폰,
병원 대기 시간이 길어져 지루할 때 생각난
가방 속 책 한 권,
버스 안에서 당이 떨어질 때 꺼내 먹는
비상 간식 초코바,
아프지 않을 때 미리 사둔 생리통 진통제,
큰마음 먹고 구입한 비싼 타월,
한여름 밤 더워서 깼을 때 이불 위에서 잡히던
에어컨 리모컨,
여행 파우치에 넣은 면봉,
지난 여행에서 쓰지 않고 남긴 외화 지폐,
크기별로 썰어 냉동실에 얼려둔 대파,
뜨거운 물을 부었을 때 모처럼 잔뜩 동그랗게
부풀어오르는 커피 원두,
자기 전에 물에 헹궈서 말려둔 맥주 캔,
내가 생각났다는 이유로 친구가 사준 그림책,
매일 조금씩 자라나는 건강한 화분들.

（시각의）사물들

정물 (소묘) 배봉기

내가 싫어지는 (사물들)

딱 한 장만 잡히지 않고 자꾸 손가락에서 겉도는
빵집 쟁반용 유산지,
책방 서가에서 꺼냈다가 다시 꽂으려는데 틈이
너무 좁아 도무지 끼워지지 않는 책,
분명 잘 씻어둔 것 같은데 맑은 생수를 담아
입에 갖다 대니 어항 냄새가 나는 물컵,
손톱을 자른 다음 날 쓸 일이 꼭 생기는 마스킹 테이프,
나와 함께 외출하지 못하고 테이블 위에 남겨진 지갑,
오랜만에 청소하다가 발견한 똑같은 책 두 권,
사방 중에서 한쪽 매듭이 풀려 솜이 한데
뭉쳐버린 이불,
외출 후에 마주한 아침 식사 설거지,
작업실에 두고 온 노트북 충전기,
텀블러를 놓고 나와 쓰게 된 테이크아웃
일회용 컵과 슬리브와 빨대,
냉장고 안에서 썩은 한때 싱싱했던 채소들.

약밥의 (대추)와 모카빵의 (건포도)

어릴 때부터 약밥이나 백설기, 약과나 식혜 따위의 음식을 좋아했다. 내게 '약밥'이라고 하면 떡집에 놓여 있는 것보다 엄마가 지금 막 만들어 뜨거운 김을 내뿜는 아직 약밥 아닌 약밥이 먼저 떠오르고, '식혜'라고 하면 큰 스테인리스 냄비에 가득 담겨 집 베란다에서 식고 있는 아직 식혜 아닌 식혜가 더 강하게 떠오른다.

좋아하는 음식이지만 때로는 방해 요소들이 함께한다. 이를테면 약밥 속의 대추. 대추를 싫어하는 건 아니지만, 약밥에서 만났을 때는 왠지 당혹스럽다. 기왕이면 밤과 약밥만 존재하면 좋겠는데, 대추 근처에서부터 맛이 달라져 들고 있던 약밥을 입에서 떼고 멀찍이 쳐다보게 된다. 초등학생 때 친구네 집 마당에서 따 먹던 대추는 풋사과 맛이 나서 좋아했는데, 약밥에서는 왜 반갑지 않을까. 이런 말을 하면 엄마는 분명 "대추가 없다면 약밥이 되지 않아"라고 하시겠지.

약밥을 먹을 때 방해라고 느끼긴 해도 대추를 골라내지는 않는다. 어쩔 수 없이 먹게 되어 난감할 틈도 없이 씹다 보면 삼키게 되고 어느새 사라져 있다. 버틸 만한 싫은 맛인 걸까. 못 먹을 것 같았는데 참을 만한 동안만 씹으면 이내 좋아하는 약밥의 순서가 찾아와 그새 잊는다.

 이제는 이런 맛까지도 모두 약밥의 스토리가 되어 있다. 이를테면 이런 식이다. 여행 중 가고 싶은 곳에 가기 위해서 버스나 지하철을 타고 이동해야만 하는 것. 만원 버스여서 당장은 힘들더라도 나는 여행 중이며 좋아하는 장소에 가는 중이다. 결국 약밥은 맛있는 음식으로 끝나 있다.

 하지만, 모카빵이나 맘모스빵에 든 건포도는 이야기가 전혀 다르다. 참을 만한, 버틸 만한 싫은 맛이 아니라 빵을 먹는 즐거움의 문을 영영 열지 못하게 하는 재료 같다(건포도를 좋아하는 분이 읽으신다면 정말 죄송합니다). 나는 못 먹는 음식에 건포도를 적을 만큼 건포도에 약하다. 건포도를 씹다 보면 맛이 느껴지기보다는 머리가 어지러워진다. 맛의 취향 문제가 아니라 몸에 맞지 않는 문제에 가까울지도 모른다.

 마치 이런 것과 같다. 여행의 아침, 기분 좋게 숙소를 빠져나왔는데 지갑을 두고 온 것을 알아차리고(이 대목이 건포도) 숙소로 돌아간다. 다시 잘 챙겨 나와 역으로 걸어가며 무얼 먹을지 신나게 고민하던 중 보조배터리를 놓고 나온 걸 깨닫고(건포도 등장) 또 숙소로 되돌아간다. 다시 나와서 걷는데 발을 내려다보니 내 신발이 아닌 호텔 슬리퍼를 신고 있다(건포도). 여행 중이지만 도무지 여행을 시작할 수 없는 느낌. 결국 빵을 먹긴 했지만 왜인지 지쳐버리는 빵의 시간이 된다. 하지만 누군가에게 건포도가 든 빵은 최고의 빵 시간이겠지.

같은 하루를 이렇게 다르게 살고 있다. 누군가에게 최고의 조합이 누군가에게는 최악의 조합이 된다. 인생의 시답잖은 재미 중 하나다. 비슷한 예로 단팥빵의 팥앙금에 호두 등의 견과류가 든 것에도 나는 속상해한다. 심지어 팥앙금도 반만 으깨서 알알이 보이는 것보다 완전히 으깬 쪽을 선호한다. 팥앙금 정도는 마음 편하게, 힘 안 들이고 부드럽게 씹고 싶으니까. 팥앙금 속 호두를 씹는 것에도 에너지를 요하는 내 체력이 문제인 것 같지만.

34

2부가 있는 (커피)

생각해보면 늘 온도가 문제였다. 몸의 온도가 바로바로 변하다 보니 실시간으로 잘못된 선택을 하며 살고 있다. 이를테면 카페에서 메뉴를 고를 때. 한여름에 더위를 피하려고 들어간 카페에서 내가 고른 메뉴는 당연히 아이스커피였다. 하지만 내내 에어컨을 틀어둔 카페의 온도 때문에 눈앞의 찬 음료는 어느새 시원한 존재가 아닌 시린 존재가 되어 있었다. 차디찬 한 모금마다 팔뚝이 떨리며 몸의 온도가 내려간다. 바깥과 벽 하나를 두고 이렇게나 다른 세상일 수 있을까. 지구의 기분처럼 황당하다. 그렇다면 따뜻한 커피를 주문했어야 할까. 내 몸은 사치스럽게도 두 가지 온도 모두를 원하고 있다.

몸의 이야길 들어주기로 했다. 집 카페에서는 커피를 마실 손님이 나 혼자뿐이니 얼마든지 응대가 가능하다. 아침에 커피를 내릴 때마다 따뜻하게 마실지, 차갑게 마실지 고민하지 않기로 했다. 온도에 변덕스러운 임진아라는 손님에게는 시차를 두고 커피를 내어드리자.

드립 서버에 커피를 진하게 내린다. 진하게 내리고 싶다면 물줄기는 가늘게, 속도는 느리게 하면 된다. 먼저 소서가 딸린 작은 커피잔에 따뜻하게 마신다(나는 진하게 내린 커피에 따뜻한 물을 섞어 마시는 걸 좋아한다). 그날에 맞게 준비한 토스트와 과일, 샐러드를 곁들여서. 빵에는 역시 따뜻한 커피가 어울린다고 생각한다. 빵이 품고 있는 기름진 기운이 사라지기 전에 따뜻한 커피를 입안에 머금고 나서야 비로소 방에 들어오는 햇빛을 쳐다보게 된다. 오물오물. 그렇게 오전이 만들어진다.

먹은 것들이 모두 사라지고 빈 그릇이 되면 곧바로 치운다. 이제는 차가운 커피가 등장할 2부의 시간. 얼음을 가득 담은 유리컵에 남은 커피를 부을 때면 다시금 커튼이 열리는 듯하다. 따뜻한 온도를 못 이겨 한 칸 한 칸 낮아지는 얼음은 기분 좋은 패배처럼 느껴진다. 그렇기에 얼음은 입이 닿는 부분까지 한가득 담아야 한다. 그렇게 오전에 맞이하는 두 개의 시간. 두 가지의 온도.

1부가 먹고 마시기만 해도 되는 시간이라면, 2부는 커피를 마시며 슬슬 일을 해보려고 하는 다짐의 시간이다. 차가운 아이스커피를 다 마시고 나면 물을 마신다. '따뜻하게, 차갑게 다 마셨으니 이제 됐지?' 하고 나에게 물어보면서.

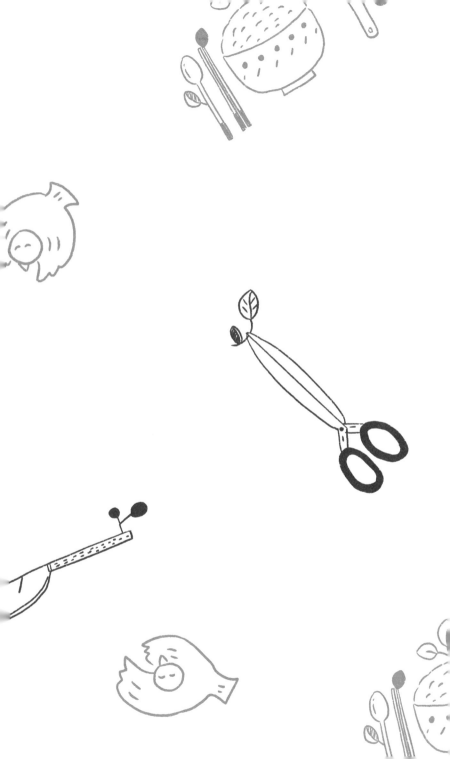

02

(생활을 키우는)

사물들

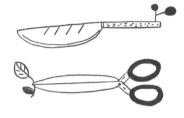

생활 속의 사소한 행동들에서 이제는 곁에 없는 사람의 이야기가 아주 잠깐 고개를 내밀다가 사라진다. 나는 무섭지 않은 일상의 마녀가 된 듯한 기분이 든다. 그저 죽은 자가 나에게 남긴 이야기를 어떤 주술처럼 여기고 기꺼이 행하며 살아가는 마녀. 행동으로 그들을 기억하며 만난다.

가위나 칼을 사용한 후에는 아주 잠깐 할머니가 내 곁에 온다. 어릴 때 부엌에서 칼을 쓰고 식탁에 올려두자 할머니가 슬며시 입을 열었던 그때 그대로의 분위기로 찾아온다.

"칼이나 가위 같은 건 아무 데나 올려두면 안 돼. 이렇게 밑에 뭘 깔고 두거나, 아니면 바로 씻어서 제자리에 둬야지."

왜인지 모르겠지만 칼을 식탁에 그냥 두는 일이 단번에 이상해졌다. 그 후로 나는 칼이나 가위를 볼 때면 할머니가 생각난다.

그리고 또 한 가지 습관이 된 생활. 밥을 풀 때는 밥주걱이나 숟가락에 물을 묻힌 후 밥통을 열어 밥을 뜬다. 그러면 할아버지가 식탁 의자에 팔 하나를 올려두고는 나를 쳐다보고 있다.

중학생 시절, 방학이면 할아버지의 점심을 차려드리거나 단둘이 밥을 먹곤 했다. 밥만 푸면 되는 차례에 이미 할아버지는 식탁 의자에 앉아 계셨다. 주걱을 들고 서둘러 밥통을 열자 할아버지가 나직하게 말을 걸었다.

"밥을 뜨기 전에는 주걱에 물을 살짝 묻혀야지. 그래야 밥이 잘 떠지지."

할아버지 말대로 주걱에 찬물을 살짝 묻히고 밥을 뜨니, 밥그릇으로 밥이 쏙 떨어졌다. 밥그릇에 예쁘장하게 담긴 밥을 할아버지께 드리고 함께 웃던 낮. 그로부터 십수 년이 지난 지금까지도 나는 밥통 앞에서만큼은 확실하게 할아버지를 떠올린다.

나의 할머니, 할아버지가 알려준 작은 한 줄들. 더는 존재하지 않는 이의 이야기가 내 몸에 습관으로 자리 잡았고, 칼을 얼른 치우면서 또 밥을 뜨기 전 주걱에 물을 묻히면서 나는 할머니와 할아버지의 시선이 곁에 있다고 느낀다. 이 순간만큼은 나를 바라봐주고 있다 생각하고 싶다.

우리 집의 작은 마녀는 죽은 자의 알림을 행하며 그들을 그리워하는 마음에 주술을 불어넣는다. 무섭지 않은 찬 공기가 부엌에 휙 불며 그리운 자의 시선을 만나고 그 시선은 따뜻하게 자리한다.

"할머니, 저 이렇게 하고 있어요."

"할아버지, 저 계속 이렇게 뜨고 있어요."

머물지 않는 작은 점 같은 속마음이 매번 떠오른다. 그리움은 해소되지도 그렇다고 증발되지도 않는다.

(테이블)의 시간

집에서 내 손으로 직접 만들어 먹고 마시는 생활이 즐거운 타입이지만, 기본적으로 테이블의 시간을 좋아한다. 돈을 내고 사 먹는 한 끼와, 한 잔의 시간. 그 시간의 값은 갈수록 비싸지지만, 때론 내가 지불한 돈이 아깝지 않고 오히려 마땅하다 느껴질 때가 있다.

문을 열고 들어가 원하는 메뉴를 부탁하고 자리에 앉아 사색을 조금 즐기다 보면 어느새 나를 위한 한 상이 차려진다. 음식에 꼭 맞는 그릇이 주인공으로 놓여 있고, 작은 반찬 하나만을 위한 작은 그릇이 몇 개, 그리고 한낮의 빛을 받아 물의 뼈 모양이 그대로 테이블에 그려지는 유리잔. 이 식사 시간은 내가 만들어낼 수 없는 테이블이다. 중요한 것은 맛과 조화다. 내 입에 맞고, 평소 만들어내지 못하는 요리라면 더욱 만족스럽다. 먹지 않던 채소가 왠지 맛있게 느껴지거나 하면, 그다음 장을 볼 때는 시야가 조금 더 넓어진다.

카페로 이동해볼까. 커피 한 잔과 함께 고심하여 고른 케이크 한 조각은 집에서 마주하던 것과는 사뭇 다른 접시에 담긴다. 카페 고유의 분위기를 하나의 진한 점으로 표시하는 것이 바로 커피잔과 디저트 접시다. 안에 담긴 커피만이 아닌, 잔까지 소중한 시간. 손가락을 넣어본 적 없는 손잡이를 낯설게 겪으며 마음에 드는 잔이 나에게 랜덤으로 놓이는 시간에서 기쁨을 느낀다. 내 시선에 맞게 늘어올린 커피잔에서 많은 것들을 희망한다. 어울리는 테이블, 그 테이블이 있을 만한 방과 창문, 커피잔을 모을 수 있는 집, 그런 여유로운 내 시간을 꿈꾸는 찰나를 한 잔 가격을 내고 들어온 카페에서 그릴 수 있다.

그릇을 좋아한다고 해서 열심히 모으기란 쉽지 않다. 고심하고 고심하며 산 것들은 작은 집의 한정된 칸 안에만 진열할 수 있고, 정신없는 집 안 분위기는 비싼 잔 하나로 바꾸기 버거울 수도 있다. 중요한 것은 모여서 만들어낸 연출. 좋은 식당과 멋진 카페로 연출한 공간에 앉아 크고 작은 소품들을 만끽하는 것은 분명히 그만한 가치가 있다.

기분 좋은 물건은 생활을 키운다. 잘 모르던 다음을 만든다. 내 몸을 움직여서 외식을 하고, 커피 한 잔을 위해 외출하는 이유다. 구입하지 않더라도 잠깐이라도 사용하며 알게 된 것은 분명 나에게 남아 있어서, 결국은 내 생활 안쪽의 테이블을 내가 원하는 쪽으로 꾸밀 수 있게 해준다. 타인과의 경험만으로 시야가 넓어지는 세상이 아니라는 것을, 아름다운 물건들은 자꾸만 나에게 알려준다.

어쩌면 그 이야기를 더 많이 듣고 수집하기 위해 여행을 떠나는지도 모르겠다. 내가 모르는 나의 취향들은 어디까지 퍼져 있는 걸까. 전부 알 수 없겠지만 낯선 취향을 발견하는 것은 나이에 상관없이 기쁠 테다. 방금 만난 취향과 금방 친해지는 삶을 살고 싶다.

촘촘한 과정의 (아보카도)

　얼마 전 인스타그램에 아보카도 영상을 올렸다. 먹는 아보카도가 아닌 자라나는 아보카도. 먹고 남은 아보카도 씨앗에서 발아한 손바닥만 한 잎이 바람에 흔들리고 있는 영상이었다. 그리고 이렇게 적어놨다.

　"먹고 남은 아보카도 씨앗에서 이런 건강함이 자라다니."

　그리고 그 밑에 댓글들이 달렸다.

"우와, 그린 핑거!"
처음 듣는 말이었다. 내가 초록 손이라니.

아보카도를 먹을 때는 반으로 잘라 씨앗을 빼낸다. 보통은 칼로 씨앗을 퉁 친 후, 씨앗과 과육을 시원스럽게 분리하는데 그러고 싶지 않았다. 들고 있던 칼을 내려놓고 숟가락으로 씨앗을 빼냈다. 그 덕에 먹을 부분이 망가졌지만 상관없었다. 조심스럽게 빼낸 씨앗은 곧장 물에 담갔다.

그로부터 꽤 시간이 지난 후 씨앗이 반으로 갈라지면서 아래로는 뿌리가 위로는 싹이 돋았다.
'와, 정말 갈라지는구나.'
사진으로만 보던 장면이 내 손끝에서 이루어졌다. 그제야 아보카도를 기르고 싶다는 생각이 들었다. 이제 뿌리 부분을 물에 담그는 순서였다. 씨앗의 사방에 이쑤시개 같은 나무 꼬치를 꽂은 후 물이 담긴 컵에 올려두는 게 일반적인 방법. 그런데 정말 그뿐일까? 씨앗을 조심스럽게 빼내던 태도를 떠올리며 다른 방법을 생각했다.

방 안을 뒤져보았는데도 대안이 떠오르지 않아 점점 몸을 옮기다 보니 쓰레기통까지 와버렸다. 그때 눈에 들어온 일회용 아이스 컵. 빨대를 꽂았던 부분을 칼로 잘라서 뚫린 곳을 더 크게 만들었다. 컵에 물을 가득 담았고, 뚜껑에 씨앗을 끼워넣으니 딱 맞게 고정되었다. 씨앗에는 어떤 상처도 내지 않았고, 일회용 컵을 또 한 번 사용하게 되어 내심 기뻤다. 심지어는 뿌리도 생생하게 보였다. 아침이 되면 아보카도의 키를 재는 게 일과였고, 자기 선에는 가까이 다가가 살펴보고 하루를 마쳤다. 아직 물만 먹어서 어쩌니? 넌 언제 심는 거니? 물어보곤 했다. 한 손에 들어오는 씨앗이 매일 자라나는 걸 보니 말을 걸게 되었다.

처음부터 곧장 자란 건 아니었다. 어느 순간 '이제 좀 올라가볼까' 마음먹은 듯 쑥쑥 커졌다. 그 계기가 무엇이었을까. 매일이 똑같은 것만 같은데 아보카도에게는 다르게 흘렀던 걸까. 새싹을 피운 아보카도는 매일이 의미 있다고 뽐내듯이 내 방에서 하루 평균 1~1.5cm씩 컸다.

약 30cm가 되고, 큰 잎이 나오고서야 안심이 되어 긴 화분에 옮겨주었다. 처음 해보는 일은 매 순간이 물음표다. 책이나 인터넷을 보고 따라 하더라도 마음속으로는 내내 '정말?', '이렇게 하면 정말 된다고?', '내가 하는 건데도?' 묻게 된다. 그런 조심스러움이 때론 도움이 된다. 느리게 나아가며, 나아가는 과정들을 더 진득하게 쳐다보는 거다. 어차피 오래 걸려도 되는 일이라면 한 번 더 생각하기. 식물을 구입하는 게 아닌, 내 손에서 자라나게 하는 일에서 발견한 태도다.

지금에서야 나는 식물을 곁에 두는 걸 좋아한다고 말할 수 있게 되었다. 좋아한다는 표현은 그 일을 잘 해내거나,

스스로가 만족할 만한 장면을 보았을 때에야 비로소 자신 있게 말할 수 있다. 좋아한다고 말하기까지 얼마나 긴 시간이 걸렸는지 모른다.

　물론 예전에도 식물을 보면 좋았다. 좋아서 자주 쳐다보곤 했다. 길을 가다가 멈춰 서고, 사진을 찍고, 내 방에 데려오고, 만족하고, 쉽게 잊고, 빈 화분을 몇 개씩 포개서 신발장 안에 보이지 않게 넣고, 또다시 거리로 나가 식물을 좋아하고, 무언가를 기념하기 위해 꽃집에 들러 마음에 드는 식물을 사고, 엄마와 함께 시장에 갔다가 가벼운 마음으로 작은 식물들을 데려오고, 내 방에 놓고, 또 잊고, 어느덧 초록 잎이 고개를 숙이고, 빈 화분이 되는 일. 식물과의 관계는 그게 다였다.

　화분 안에 담긴 식물을 구매하는 것은 이미 완성된 상품을 사는 일과 비슷했다. 나를 따라온 식물은 나와의 다음을 기대하고 있었을 텐데, 나는 샀다는 것에 만족하며 보기 좋은 곳에 올려둘 뿐이었다. 물이 필요하지 않은데도 괜히 휴일의 기분을 내기 위해 물을 주기도 하고, 직사광선을 피해야 하는 식물인 줄도 모르고 낮이 되면 창틀에 올려놓고 만족했다. 뿌리가 자랄 대로 자라서 분갈이를 해줘야 하는데도 무지하게 바라만 보던 나.

　이제는 무언가를 기념하기 위한 식물을 사지 않는다. 곁에 두고 싶어서 사더라도 매일 쳐다보며 어제와 달라진 잎의 형태나 새순을 알아챈다. 시간에 맞게 자리를 옮겨주고, 저마다 맞게 물을 준다. 그리고, 먹고 남은 아보카도 씨앗이 발아하여 잎을 꺼내는 장면도 바라보게 되었다.

식물에게 완성은 없다. 내가 그리던 목표의 마지막 장면이 실은 구체적이지 않은 것처럼. 그저 매일이 필요하다. 하고 싶은 게 무엇이냐고 물을 때면 언제나 원거리를 멀찍이 쳐다보게 되지만, 지금의 나에게는 먼 시선보다는 촘촘한 자각이 더 도움을 준다. 어제와 한껏 달라진 내 모습이 지금의 생활에는 무엇보다도 기념이다.

내가 가장 원하는 일은 지금에 가까이 눈을 두고 조목조목 들여다보며 그 과정을 만끽하는 일. 조금씩 달라지는 매일의 표정을 알아채고 싶다. 이루고 싶은 장면이 너무 멀어서 쉽게 지치던 시간을 달리 바라보고 싶다. 오늘의 바람에 조금 더 묵직하게 일렁이는 건강한 아보카도 잎처럼.

〈사물에게〉 톡톡거리다

어느 날의 (유리병)

"가난에 대해 쓴다면 얼마든지 이야기할 수 있을 것 같다. 평생, 거의 평생 가난의 모습을 한 구름 아래에 살고 있으니까."

얼마 전 방바닥에 앉아 앞의 문장을 읊조렸다. '가난'이라는 단어에 유대감을 느끼는 경지에 이르렀다. 이 단어가 가까이 있는 게 부끄럽지도 그렇다고 자랑스럽지도 않다. 나 자신이 부끄럽지도 자랑스럽지도 않은 것처럼. 가난은 그저 마시다 만 컵처럼 내 주변에 있다. 살갗에 생긴 눈에 띄지 않는 점 같고, 무엇도 인식하지 못하는 어린 시절부터 알고 지낸 어떤 이와도 같다.

나는 기꺼이 가난의 손을 잡고 불안에 떨지도 않는다. 불안보다 더한 상태에 놓인 자는 미래에 대한 불안을 느낄 줄 모른다. 극도로 뜨거운 물은 오히려 차갑게 느껴지는 것처럼. 그 거짓 같은 온도를 처음 알게 된 나이부터 나는 가난했다. 그렇게 가난을 인정하면서 오히려 편한 상태로 매일을 지낼 뿐이다. 주름을 갖고 태어난 패브릭처럼, 초콜릿이 가득 박혀 오히려 예뻐 보이는 머핀처럼, 책등 없이 노출 제본한 책처럼. 하지만 가난이라는 단어 자체에서 피어오르는 궁핍함을 어쩌면 좋을까? 가난은 단지 살림살이가 넉넉하지 못한 상태를 이르는 단어

일 뿐이라고 하늘을 바라보며 생각한다. 그 단어는 그 시선에 쓰여 있지 않다.

슬픈 영화일수록 눈물이 등장하지 않는데, 가난을 이야기하는 내 짧은 글에는 가난이라는 단어가 이토록이나 많이 등장한다. 친구에 대해 이야기할 때 친구의 미소를 계속해서 떠올리는 것과 같을까. 가난을 이야기할 때면 가난의 풍경이 앞다투어 떠오른다.

어느 날 소비의 파이가 좁아진 순간 다시금 가난을 짐작한다. 빵을 고르는 기준이 가격이 될 때, 구매 목록에서 옷이 제외될 때, 된장국에 두부를 자꾸만 생략할 때, 라면을 먹고 싶지 않은데 먹어야 할 때, 그 라면 또한 가장 저렴한 것을 선택해야 할 때(다행히도 저렴한 스낵면을 좋아한다).

일찍 찾아왔던 가난의 기운은 현실에 대해 더욱 골몰하고 고심하게 했다. 초등학생 시절, 나오지 않는 쌀통의 버튼을 자꾸만 누르는 엄마를 방문 틈으로 바라봤던 적이 있다. 여분의 쌀이 당연하지 않던 시절이었다. 쌀통의 빈 공간처럼 혼자 있는 시간이 많은 하루를 살며 늦은 밤까지 스스로 끼니를 해결해야 했던 어린 나는, 엄마가 알려준 양으로 밥을 안칠 때면 늘 쌀을 한 줌씩 덜어내 몰래 유리병에 모으기 시작했다. 부족한지 모를 만큼 적은 양이었지만 긴 유리병은 조금씩 채워졌다.

어느새 쌀통이 빈 소리를 내고 엄마의 낮은 등에서 "큰일이네"라는 말이 다시금 흘러나왔을 때, 조심히 엄마에

게 다가가 그간 모은 쌀 유리병을 건넸다. 없다는 슬픔을, 사실은 있었다는 기쁨으로 가릴 수 있다는 생각에 내 심장은 뛰었지만, 부엌의 공기는 오히려 슬픔으로 자욱해졌다. 유리병에 쌀을 옮겨 담을 때면 그날의 쌀이 생각난다. 그리고 '쌀이 있다'라는 감각이 내 생활에 강하게 각인된다.

때론 가난했기 때문에 만들어진 간격이 있다고 생각한다. 내 성격의 어떤 부분은 한 뼘씩 더 빨라지기도 한 뼘씩 조용해지기도 했다. 가난하기 때문에 소중히 여기게 된 시선이 있다고 생각하지만, 경험이라고 굳이 표현하고 싶지 않은 이야기다. 하지만 나는 이런 이야기들을 사용하고 싶다. 어떻게든 쓰임이 있도록 애를 써본다. 내 삶의

수많은 중얼거림 속에서 단지 작은따옴표 안에 존재하는
단어가 되기를 바라는 것일지도 모른다.

　가난. 어제에 여전히 남아 있고 내일에 미리 마중 나와
있는, 때론 내 여행의 유일한 일행이 되기도 하는 조금은
곤란한 친구. 지금 나의 부엌에는 쌀이 많이 있다. 그것만
으로도 오늘은 배가 부르다.

(물)로 하는 일

혼자 살게 되었을 때 가장 먼저 산 가전제품은 냉장고였다. 새집에 입주하기 전 이삿날에 맞춰 냉장고를 결제했으니, 첫날부터 먹는 것에 열심이고 싶었던 걸까.

마지막으로 사게 될 가전제품은 세탁기가 아닐까. 왜냐면, 아직 세탁기가 없다. 집에 세탁기가 없다고 하면 대부분 눈을 동그랗게 뜨며 놀란다. 나도 여태까지 놀랍다. 세탁기를 어디에 둘지 고민하다가 고민을 멈춰버렸고, 손빨래와 코인 세탁소에 꽤 익숙해졌다. 실은, 물로 하는 일은 일부러 시간을 내서 할 정도로 좋아한다.

집안일은 여전히 서투르지만, 집에 필요한 일을 하는 걸 좋아한다고 스스로 생각하는데 청소나 방 정리, 옷을 정리하는 일은 내 성격과 너무나 맞지 않는다. 하지만 설거지나 손빨래, 채소를 다듬고 요리를 하고 부엌 뒷정리를 하는 것은 좋아한다. 화장실 청소도 그다지 귀찮지 않아서 외출 전이나 자기 전에 자주 하고 있다. 시간이 지나 말끔하게 물이 마른 화장실은 기분을 좋게 한다. 어째서 물로 하는 일은 귀찮지 않고 되레 개운한 걸까. 방바닥도 물을 부어 닦을 수 있다면 좋아하게 되려나?

일정이 빠듯한 삽화 마감 때문에 아침까지 일해야 했던

나날이 있었다. 작업실에 오갈 시간도 없어서 방바닥에 앉아 쉬지 않고 며칠을 그림만 그리다가 드디어 일을 마친 날. 한낮이었다. 메일을 보내자마자 굽은 몸으로 만세를 외치고 벌떡 일어나 부엌으로 성큼성큼 걸어갔다. 며칠 전에 사둔 자몽을 꺼내 벅벅 씻고, 껍질을 벗기고, 자몽의 알맹이만 하나하나 발라내기 시작했다. 스테인리스 볼에 방금 발라낸 자몽 알맹이가 차곡차곡 쌓였다. 일하는 내내 얼마나 꿈꾸던 장면인지. 그렇게 한 아름 모인 자몽 알맹이와 같은 비율로 설탕을 넣어 자몽 청을 만드는 것으로 마감이 끝났다.

일상적으로 생기는 빨랫감은 그때그때 하려고 한다. 수건이나 얇은 티셔츠, 양말과 잠옷 등이다. 언제 하느냐가 중요한데 보통은 배가 부를 때 한다. 그리고 일이 잘 안 풀리거나 부쩍 무언가 사고할 시간이 부족하다 싶을 때 한다.

가만히 빨래를 하다 보면 하지 않아도 되는 생각까지 하게 되고, 그 생각들은 의외로 쓰임이 있다. 양말을 벅벅 문지르다가 모처럼 반짝이고 재밌는 생각이 떠오르면 그새 잊어버릴까 무서워 고무장갑을 얼른 벗어던지고는 방으로 뛰어가 적고 돌아온다. 한 번의 빨래에 몇 번이나 달려갔던 날에는 다시 고무장갑을 끼며 혼자 웃었다.
물로 하는 일은 나에게 김치 같고 샐러드 같은 일이다. 한 테이블 위의 요리 중에도 조금 쉬어가는 메뉴가 있듯

물로 하는 일이 나에게는 그렇다.

+ 또 한 번 이사를 하며 새집에 가장 먼저 놓은 가전제품은 세탁기였습니다. 주변의 걱정 어린 시선이 마냥 고맙기만 했던 2년이 훌쩍 지났습니다. 글을 읽고 세탁기 없는 생활에 놀라신 분이 있다면 걱정 마세요. 이제는 세탁기와 건조기가 있는 삶을 즐기고 있습니다.

(수박) 이야기

지난여름에는 수박을 잔뜩 먹었다. 혼자 살기 시작한 후 처음 맞이하는 여름이었다. 혼자 사는 삶을 상상해볼 때 떠올린 장면 중 하나가 수박 한 통을 사는 내 모습이었다. 1인 가구에게 수박 한 통은 너무 많다는 이야기를 종종 들어왔는데, 과일을 좋아하는 나에게도 많을까? 수박 한 통은 정녕 혼자 먹을 수 없는 걸까? 호기롭게 수박 한 통을 사서 집으로 들고 가는 모습을 떠올리곤 했다.

수박을 잔뜩 먹었지만, 내 손으로 수박을 산 적은 한 번도 없었다. 매번 엄마가 차에 실어 가져다주었다. 게다가 백화점에서 산 다디단 수박을. 엄마가 사준 수박은 언제나 달았고, 한 통을 먹는 것도 그다지 어렵지 않았다. 오히려 크지 않은 냉장고에 수박 한 통을 넣어두는 게 어려웠다. 이런 의미로 1인 가구에게 수박 한 통은 그 양이 많긴 많았다.

친구 집에서 모이기로 한 날. 맛 좋은 수박을 함께 먹고 싶은 마음에 집에서 수박을 가져가기로 했다. 반 통을 또 반으로 자르고 랩으로 솜씨 좋게 포장해서 백팩에 넣어 메고 갔다. 그렇게 수박 두 덩어리만 담긴 나의 가방. 책 몇 권이 담긴 것 같은 무게였다.

한 덩이는 나를 포함해 네 명이 나눠 먹을 몫이었고, 나머지 한 덩이는 친구가 혼자 먹을 몫이었다. 모이자마자 만두를 빚어 굽고 쪄서 먹었고, 누가 시키지도 않았는데 척척 치운 후 후식을 맞이하는 자세로 바닥에 둘러앉아 수박을 먹었다. 내 성격이 굳이 기대감을 높이는 편은 아니지만, 이 수박만큼은 자신이 있어서 먹기도 전에 달다는 말을 몇 번이나 했다.

한입씩 베어 문 친구들 모두 맛있어했다. 아침부터 수박을 소분하고 포장해 지하철을 타고 옮겨온 시간 전부가 달아졌다. 무리하길 잘했어. 우리는 달아진 입으로 수박 이야기를 시작했다.

"엄마가 퇴근길에 차에 실어서 갖다줬어."

"사랑이네."

모두가 사랑이라 알려주었다. 퇴근길의 수박 전달이라니.

친구가 입을 열었다.

"저번에 엄마가 수박을 갖다줬는데, 전부 잘라서 큰 통에 넣었더라고. 쓰레기 버리는 게 힘들까 봐 껍질을 잘라서 가져온 거였어."

"사랑이네."

"엄마네."

또 다른 친구가 수박을 먹으며 "엄마네"라고 말했다.

조용히 수박을 먹던 친구들이 무언가 알아차렸다는 듯이 고개를 들었다.

"근데 언니, 이 수박. 씨 없는 수박이에요?"

"응? 아닌데. 그냥 수박이야."

"그럼, 씨 다 발랐어?"

"응. 수박 자를 때 눈에 보이는 씨 다 뺐지."

"진아네."

"진아다."

"사랑이다."

선풍기가 둘 둘 둘 둘 돌아가는 친구의 집 거실 바닥에서 우리는 오래 기억할 여름의 장면을 마주하고 있었다.

(방) 정리하는 법

SNS의 창구를 통해 이런 질문을 받은 적이 있다.

"제 방은 너무 너저분해요. 어떻게 정리하시는지 궁금합니다."

나의 작은 집, 좁은 방의 한정된 면을 SNS에 슬며시 올려 버릇하다 보니 알게 모르게 개인의 공간이 익명의 여럿과 공유되고 있었다. 마치 물건을 잘 보관하고 자주 정리하는 사람처럼 보였을까? 적어도 사진을 찍는 부분만큼은 깔끔하게 매만지고, 외출 후 벗어놓은 양말도 치워두고, 테이블 위를 대충이라도 정리했으니 좋게 보였을지도 모르겠다. 하지만 거짓은 없다고 생각한다. 그저 사진을 찍을 때 보는 사람의 기분을 조금 고려한 것뿐이니까. 게시된 사진을 가장 자주 보는 사람은 바로 나이기도 하다.

방 정리 질문에 대한 나의 대답은 이러했다.

"저도 정리는 너무너무 못한답니다. 정리는 만화 『아따맘마』에 나오는 동동이의 정리법으로 하고 있어요. 이미 너저분하게 나와 있는 물건들을 모두 같은 각도로, 한 방향으로 정리하는 방법이에요. 책이나 물건을 괜히 서점이나 상점에서 팔 듯이 진열하기도 하고요. 그러면 적어도 너저분해 보이진 않답니다."

다소 귀여워 보이는 동동이식 정리법은, 하나의 거짓 없이 내 생활에서 늘 행하던 것이었다. 서점의 진열대에는 꽂히거나 누워 있는 책들 사이에 단 몇 권만 책 표지가 보이도록 세워져 있다. 신간도 아닌데 모처럼 세워져 있는 책은 무척 당당해 보여서, 마치 서점의 한마디처럼 느껴지기도 한다. 그런 분위기를 내 방에서도 충분히 재현할 수 있다.

북 페어에 종종 참여하기 때문에 부러 사둔 북 스탠드에는 내 방에서 내 기분을 대변하는 책이 매일 나를 바라보고 있다. 현재는 봄날의 책 세계산문선 『슬픈 인간』이 서 있다. 그리고 오밀조밀하게 책과 CD와 잡동사니가 모두 같은 각도와 방향으로 놓여 있어서 적어도 정신이 사나워지는 선은 넘지 않고 있다. 책을 정리하려고 방바닥에 모두 꺼내본 사람은 알 것이다. 책장에 조용히 놓여 있을 때가 최선이었다는 사실을.

나는 심플라이프를 살고 있지 않고 미니멀리스트와도 멀어져가고 있지만, 지키고 싶은 무언가가 매일 조금씩 뚜렷해지는 생활 방식을 꾸려나가고 있다. 노력해서라도 단순한 삶을 살아내려 하기보다는, 내 공간에 돌아오기만 하면 적어도 내가 아는 나를 만나는 삶. 마음에 드는 생활이 눈에 잘 보이는 매일을 살다 보면, 우울감이 찾아오는 입구가 좁아진다고 믿고 있다. 우울감이 느껴질 때면 집 안에 숨게 되는 나의 성격을 알고 있기에 집에만 있더라도 내가 아는 활기가, 나의 취향이, 좋아하는 책의 제목이, 듣고 싶은 한 곡이 손쉽게 닿을 수 있도록 미리 내 공간에 장치를 심어두는 일. 내 공간에서만큼은 내가 좋아하는 것이 확실히 눈에 보여야 하는 이유다.

이제 막 어두워지려는 방에 앉아 있다 보니 빼꼼히 열린 창문 사이로 오늘 남은 오후의 빛이 들어오고 있었다. 나는 그 틈으로 현재 내가 꾸린 우울감의 입구를 보았다. 내 방에 앉아 입을 다물고 있을 때는 내가 가장 잘 아는 나를 만나고 있으니 어느샌가 우울감의 입구가 무척이나 좁아져 있었다. 혼자서, 혼자의 삶을 지켜내기란 이런 일이라는 걸 이제 조금씩 알아가고 있다.

이런 정리법으로 내 방을 꾸리고 있습니다.

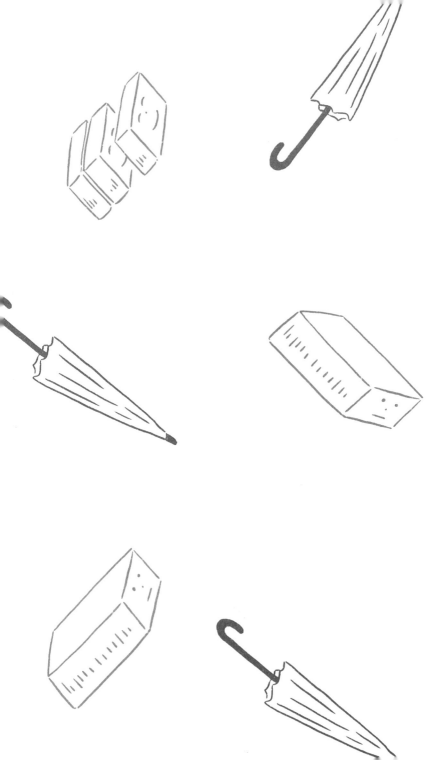

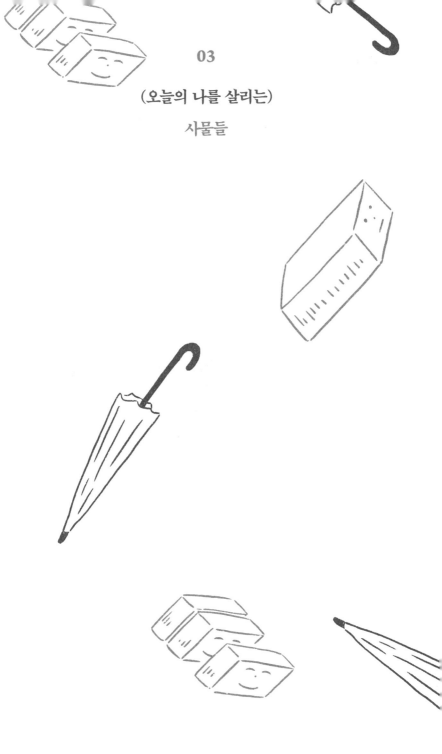

03

(오늘의 나를 살리는)

사물들

4월에 도착한 (올리브유)

(사람에게) 똑똑하다

　4월의 어느 밤에 산타가 찾아왔다. 봄에 태어난 나는 4월 한 달 내내 주변의 소중한 사람들에게 따뜻한 시선과 보살핌을 받는다. 봄과 내가 하나가 되는 순간이다. 그렇기에 나의 산타는 12월이 아닌 4월에 도착한다.

　생일이 다가오던 어느 밤, 친구에게 전화가 왔다. 아주 담백한 전화. 선물을 지금 줄 수밖에 없어서 곧 나의 집에 도착할 거라고 했다. 친구는 헉헉거리며 거친 숨을 고르고 있었다.

나의 집에 도착한 친구는 양팔을 한껏 벌려야 할 만큼 큰 박스를 들고 있었고, 나는 어쩔 줄 몰라 하며 박스를 받으려 했다. 친구는 나의 허둥지둥 액션에 웃으며 현관문 앞에 박스를 쏟아내듯이 내려놓았다. 대체 이게 뭐야? 생일 선물이라고 했다. 무엇이 들어 있는지 알 수 없는 박스가 무거웠다.

"이번 언니 생일에는 꼭 이런 선물을 하고 싶었어요."

마트에서 내 생각을 하며 골라 담은 생필품이 가득 든 박스였다. 작은 몸의 친구가 마트에서부터 여기까지 들고 걸어왔을 모습을 생각하니 걱정 섞인 웃음이 나왔다.

어렸을 때 받았던 과자 박스의 기쁨처럼, 좋아하고 또 꼭 필요한 것이 가득 든 일명 '어른의 박스'를 선물하고 싶었다는 친구. 퇴근 후 대형마트에 가서 나를 위한 물건을 하나하나 고르고, 물건마다 고른 이유를 메모지에 써서 붙여놓았다. 올리브유, 오렌지, 생리대, 파스타 면, 호지차 라테 분말, 와사비 마요네즈, 유자 소스, 맥주 안주용 완두콩 과자… 노란 메모지에는 친구의 목소리가 그대로 적혀 있었다.

"진아 언니, 저는 샐러드를 먹을 때 올리브유, 레몬즙, 소금, 후추만 뿌린 간단한 소스를 좋아해요. 올리브유는 몸에 좋은 기름이래요. 파스타를 만들 때도 물론 좋으니까 우리 많이많이 먹어요."

친구는 알고 있었다. 당시 나의 사정을, 마음의 상태를, 바삭바삭하기만 한 영양 부족의 일상을. 식용유가 떨어지

면 사겠지만 올리브유가 떨어지면 사지 않을, 생리가 시
작되면 생리통 걱정보다는 생리대 살 걱정부터 하는, 매
일 과일을 먹어야 싱그러운 웃음을 지을 수 있지만 과일
은 쉽게 포기하게 되는 나의 장보기를. 친구는 이런 나의
생활을 선명한 대화 없이도 알고 있었고, 마침 나의 생일
에 자신만의 방법으로 응원해준 것이다. 나는 현관문 앞
에 앉아 애써 눈물을 삼켰다.

  얼마 뒤 내가 쓰던 올리브유가 똑 떨어진 어느 날, 친구
에게 받은 올리브유를 꺼냈다. 아직도 노란 메모지가 붙
어 있다. 친구의 방법대로 간단한 소스를 만들어 아침 테
이블의 샐러드에 부었다. 그렇게 우리는 각자의 집에서
서로를 떠올리며 같은 샐러드 소스로 이어져 있었고, 4월
에 도착한 친구의 응원은 나의 일상에 아주 멀리까지 닿
을 예정이었다.

꿈을 그리는 (스케치북)

'꿈이 있는 집'.

작업실로 향하는 골목길을 걷고 있을 때 문득 눈에 들어온 빌라 이름이었다. 피식 웃음이 삐져나왔다. 나에게 꿈이라는 단어는 어느새 손이 닿지 않는 높이에 매달린 모빌 같은 모습으로, 달랑달랑거리며 나머지 동력으로만 흔들리고 있을 뿐이었다.

"꿈이 있는 집이래."

"꿈이 있는 집이라."

혼잣말처럼 흘러나온 내 말을 들은 친구는 혼잣말 같은 대답을 했다. 나는 정적의 한가운데에 질문 하나를 던졌다.

"요즘 꿈이 뭐야?"

좀처럼 묻지 않는 이야기를 꺼내자 또다시 피식 웃음과 함께 꿈이 없는 것 같다는 대답이 돌아왔다. 너는? 똑같은 질문을 건네받고 나서야 꿈이 없다고 대답한 이유를 알게 되었다. 우리가 이런 이야기를 나눈 지 꽤 오래되었다는 사실도. 그리고 또 한 가지. 꿈이 있는 요즘이고 싶었다.

그제야 골몰하며 꿈을 찾아보았다. 당장 이룰 수 없더라도 너무 멀지 않고 터무니없지 않은 꿈. 그렇기에 지금을 살아가면서 이따금 고개를 들어 바라볼 수 있는 꿈.

손끝 정도는 닿을 수 있는, 툭 칠 수 있는 거리의 꿈이면
어떨까.

"나는, 창문이 있는 부엌. 싱크대 앞에 창문이 있으면 좋
겠어. 그런 집에서 살고 싶어."

알게 된 지 얼마 되지 않았다. 내가 부엌이라는 공간을
중요하게 여기는 사람이라는 것을. 적어도 지금의 집과
부엌은 내 꿈의 장면과는 가깝지 않다는 것을 매일 감각
하고 있다.

싱크대 앞 벽면에 창문이 있어서 그 창으로 빛이 들어오
고, 해가 지는 시간이라는 것을 부엌에서 가장 먼저 알게
되는 날을 살고 싶다. 낮고 무겁게 깔린 초저녁의 햇빛은
나를 태연하게 만든다. 부엌에 앉아 의젓한 햇빛을 바라
보며 하루를 보내는 어떤 시간들을 꿈꾸고 있었다.

끄덕이던 친구도 이제야 꿈꾸는 방법을 눈치챘다는 듯
입을 열었다.

"나는 세탁 건조기. 건조기 있는 집에서 살기. 그리고,
넓은 침실."

과연, 어떤 때 행복을 느끼는 사람인지 알 수 있는 대답
이었다. 빨래와 잠. 집이라는 공간이 부여하는 삶의 질을
다시금 떠올려본다. 머무는 장소가 생활에 얼마나 큰 의
미인지를.

우리에게, 어른이 된 우리에게 집이란 꿈을 그릴 수 있
는 스케치북이려나. 우리는 어쩌면 꿈을 그릴 만한 스케

치북을 아직 만나지 못한 건 아닐까. 그리고 싶은 그림을 그릴 수 있는 스케치북을 언제쯤 펼쳐볼 수 있을지 까마득해졌다.

나의 부엌에 돌아와 덩그러니 서서 칼질을 했다. 그리고 싶은 그림을 그릴 수 없는 부엌이지만, 그래도 이곳에 어떤 꿈이 머물고 있는지 찾아볼까. 낱장으로 된 밑그림만큼은 누구보다도 잔뜩 모으고 있다. 여러 장의 흩어진 밑그림을 한 움큼 껴안고 있다 보면 꿈의 스케치북을 마주할 날이 오겠지. 그날의 나는 스케치북을 펼쳐서 아무 고민 없이 원하는 선 하나를 진하게 그려내지 않을까.

엄마의 〈콩자반〉

　갓 지은 흰쌀밥에 김, 엄마가 갖다준 콩자반과 두부조림, 오이지무침. 그리고 어젯밤 끓여 냉장고에서 차갑게 식힌 보리차. 간소해 보이지만 정오의 바람에 기대어 허기를 달래다 보면 한순간에 몸의 조화가 딱 맞아떨어진다. 적당히 짭짤한 반찬들 덕분에 땀을 흘려도 웃을 수 있는 에너지가 비축될 것 같다.

　어린 시절부터 엄마의 콩자반을 사랑했다. 다른 반찬이 없을 때는 따끈한 흰밥에 콩자반을 올리고 양념을 쪼르륵 부어 마치 콩자반 덮밥처럼 먹곤 했다. 어쩌면 의미 면에서는 콩밥과 다를 바 없어 보이지만, 콩이 콩자반이 되면 이야기가 달라진다. 마치 콩의 인생에 소설 같은 서사가 생기는 것과 같다면 조금 이상할까? 콩자반에 걸맞은 식감으로 변한 콩은 한 알씩 집중하며 씹어 넘기게 된다.

　엄마는 언제부터 콩자반을 잘 만들었을까. 언제 처음 콩자반 만들기를 시도했을까. 콩자반을 좋아하면서도 스스로 만들어본 적이 없는 나는 콩자반 앞에서 엄마의 노동을 필요로 한다. 이 점은 늘 나를 머쓱하게 한다. 아마 내가 만든다면 밖에서 사 먹는 백반에 반찬으로 나오는 아주 딱딱하거나 아주 말랑한 콩자반처럼 완성될 것 같다.

콩자반을 만들 때 가장 중요한 것은 콩을 불리고, 적절하게 삶고, 알맞게 조리는 일이 아닐까. 그 과정이 결코 쉬워 보이지 않는다.

어느 날, 콩자반을 건네주며 엄마는 어째 신난 말투로 이야기를 늘어놓으셨다. 회사에 도시락 반찬으로 콩자반을 가져가면 모두 반짝이는 감탄을 한다고 말이다. 엄마 또래이거나 나보다 더 나이가 많은 여성들이 모여 있는 회사 안에서 몇몇은 콩자반을 만든 적이 있을 테고, 그중 몇몇은 만들다가 실패한 적도 있을 것이다.

"이렇게 딱딱하지도 않고 딱 맛있게 만드는 비법이 뭐냐고 묻더라?"

이때다 싶어 비법이 무어냐고 물으니 엄마는 반쯤 신이 나고, 반쯤 난감하다는 표정을 지으며 말을 이어갔다.

"엄마는 그냥 이렇게밖에 만들 줄 몰라서 뭐라고 말해야 할지 모르겠더라. 어떻게 설명해야 하지? 그냥 이렇게밖에 되지 않는걸."

그 후로 콩자반을 먹을 때마다 엄마의 말이 생각났다.

"무슨 생각을 해. 그냥 하는 거지."

유명 스포츠 선수가 했던 말이 콩자반 앞에서도 나왔다. 나는 어떤 일을 별생각 없이 해내고 있을까. 어쩐지 한번 가늠해보게 된다.

엄마가 가져다준 밑반찬들에는 짠기가 서려 있다. 이 밑반찬들은 하나의 메인 요리처럼 다가와 오늘의 나를 살려준다.

여행 필수품 (티 코스터)

알지 못하는 미지의 음식보다, 맛있다고 여기는 음식을 한입 더 먹고 싶다. 여행도 마찬가지. 어느새 새로운 곳보다 이미 가본 도시에 다시 가는 여정을 훨씬 맛있어하는 사람이 되어 있었다. 새로운 마음을 피워본다며 도전 비슷한 태도를 취해보지만 이미 가본 나라의 다른 도시로 눈 돌리는 변화 정도를 겨우 겪고 있을 뿐이다. 하지만 모름지기 올바른 변화란 계단 오르듯 순서를 차근차근 밟아야 한다고 생각한다.

누군가 인생은 여행이라고 이야기했는데, 내가 머무는 곳에서 익숙한 얼굴로 경쾌하게 슬쩍 방향을 틀 때야말로 비로소 새로움을 느낄 수 있다. 그리고 그런 마음을 키우고 싶을 때면 여행을 작정했다. 이미 가본 도시에, 늘 같은 호스텔에, 심지어는 가본 식당이나 미술관에 다시 방문하는 여행.

하늘을 날아서 이동하는 비용을 거듭 지불하며 아는 장소로 나를 옮기는 일은 돈 낭비일까. 낭비인지 축적인지는 겪어봐야 안다. 그때와 꼭 같지 않다는 발견, 혹은 내 기억과 같다는 안심. 이런 마음들이 맴도는 장소 속에 서 있다 보면 그제야 모이는 공기가 있다. 나에게 여행이란 지난날을 다시금 마주하는 오늘이고, 괜히 아는 척하고 싶은 내일이다.

그런 여행가의 가방에는 무엇이 들어 있을까. 늘 조촐하게 짐을 챙긴다고 생각하지만 언제나 여행 가방은 생각보다 무거워져 있다. 왜일까? 나에게 '최소한'이란 '어쩌면'의 얼굴을 하고 있는 건 아닐까.

어쩌면 필요할지 모른다고 생각해서 챙긴 것들을 모으니 한 짐이다. 멀뚱하게 있을 장면이 아찔해서 챙긴 책 몇 권, 여벌의 신발 한 켤레, 일정보다 더 많은 양말, 무선 노트와 연필, 깨질 위험이 있는 물건을 사겠다는 자세로 챙긴 뽁뽁이, L파일 홀더(어떤 종이류를 사게 될지 모르므로), 크고 작은 광목천 가방 몇 개(외출용과 장보기용, 잠깐 식사 가기용 등으로 나뉜다), 그리고 웃음을 머금고 챙기는 티 코스터 몇 장.

언제부턴가 습관처럼 코스터를 챙기기 시작했다. 마치 외출했을 때 손수건이 없다는 사실 때문에 땀이 더 나는 것처럼 코스터가 없으면 왜인지 허무한 상태로 여행을 시작하게 되었다. 물론 그 도시의 상점에서 마음에 드는 코스터를 사면 그만이겠지만, 그게 그렇지가 않았다. 여행지에서 산 코스터는 그다음부터다.

공항에서 숙소로 향하는 기차에서 의자에 달린 빈약한 테이블을 내리고는 미리 챙긴 코스터를 깔고 거기에 자판기에서 뽑은 음료를 턱 올려놓는다. 줄곧 지내던 나의 도시에서 사용하던 코스터는 그 순간 묘하게 낯설게 보이기도, 어제와 비슷해 보이기도 한다. 잠들기 전 낯선 하얀 침대 위에 코스터를 깔고 편의점에서 산 캔맥주를 올려두는 일은 이 도시에는 캔맥주에서 흐른 물 자국조차 남기지 않겠다는 묘한 다짐이 되기도 했다.

짐이 되지 않는 코스터는 여행의 날과 그렇지 않은 날 사이를 잇는 마스킹 테이프 같은 역할을 해주고, 꼭 특별해야만 할 것 같은 여행의 짐을 덜어주었다. 나는 어쩌면 자꾸만 경계를 희미하게 만들고 싶은 게 아닐까. 특별하고 특별하지 않고를 따지느라 시간을 허비하고 싶지 않은 건 아닐까. 자꾸만 여기저기에서 코스터를 꺼내다 보면 정말로 내 인생은 여행처럼 보일지도 모르겠다.

〈숨은 세계〉똑똑다

(버터)에 웃었다

많은 이들이 사랑하는 버터. 서른 살이 넘어서야 용기 내서 버터를 먹기 시작했지만, 이제는 빵에 버터를 잔뜩 발라 구워야 만족스럽게 웃을 수 있다. 좋은 버터는 웃음을 준다. 하지만 먹지 않아도 웃게 될 줄은 몰랐다. 버터를 보고 나도 모르게 웃어본 적이 있는지?

약 5개월간 일했던 카페. 토스트가 인기 메뉴였다. 일종의 프렌치토스트로, 두툼하게 썬 바게트를 특제 계란 물에 한껏 담가둔 후 냉장 보관했다가 주문이 들어오면 모든 면에 설탕을 듬뿍 묻혀 버터가 녹은 팬에 골고루 구워 여러 가지 토핑을 올려내는 토스트였다. 그곳의 손님으로 지낼 때는 부러 사 먹을 만큼 설레는 음식이었지만, 내 손으로 만들면서부터는 멍하니 질겅질겅 씹는 음식으로 바뀌었다. 인생은 이렇게 함부로 사용하는 게 아닌 것을….

평일에는 혼자 일했기에 토스트까지 굽는 일은 여간 힘든 게 아니었다. 하루에 몇십 그릇의 토스트를 굽다 보니 마감할 무렵이면 얼굴에 버터를 바른 듯 끈적였다. 주문을 받는 것도 나, 만드는 것도 나, 계산하고 테이블을 치우는 것도 나, 서빙하는 것도 나, "저기요!"라는 외침에 "네!" 하고 대답하는 것도 나, 친절해야 하는 것도 나, 그

친절함을 만들어내야 하는 것도 나. 바쁜 카페에서 혼자 일할 때면 대사가 많은 배우가 되어 무대 위에 혼자 오른 듯한 기분이 든다.

그런 와중에 토스트 주문이 밀리면 불 앞에서 꼼짝 못 한다. 굳은 표정으로 냉장고에서 토스트와 버터를 꺼낸 후, 팬에 버터 한 덩이를 던져넣고 불을 켰다. 골고루 버티가 녹을 수 있게 팬을 이리저리 돌릴 차례. 그때 갑자기 웃었다. 내가 웃길래 내가 놀랐다.

'웃어?'

벅참을 못 이겨 한숨을 들이마시는데 입가에 웃음이 머금어진 것이다. 이렇게나 괴로운데 왜 웃었지? 울고 싶은 감정이 잘못 전달되어 근육이 올라간 걸까. 몸이 힘들어서 조금 고장이 난 거라고 생각했다. 실은 울고 싶은 입이었을 거라고.

며칠 후 또다시 똑같은 볼륨의 바쁜 시간이 찾아왔고, 버터를 팬에 내던지고 휘휘 녹이는 순간 또 웃어버렸다. 마음 안에 작은 음표가 뜨더니 입꼬리가 올라갔고, 멜로디 없는 음표는 금세 사라졌다. 확실한 웃음이었다. 버터를 녹이는 시간이 찾아왔을 때 웃어버리는 나를 몇 번이나 보며 끝내 인정했다. 버터는 그런 존재라는 걸.

슬플 때도 맛있는 건 맛있다는 말이 점점 슬퍼지는 나이를 살고 있지만, 힘든 시간에 보는 녹는 버터는 여전히 행복한 장면이다. 잘 녹은 버터에 설탕이 잔뜩 묻은 빵을 굽는 시간은 쉴 틈 없는 카페라는 무대에서 잠시나마 대사 없이 호흡을 가다듬는 틈이었다. 버터는 만드는 이에게 눈으로 웃음을 주고, 먹는 이에게 입으로 웃음을 전했다.

손님이 없는 오전에 버터 덩어리를 칼로 자르며 머릿속의 고민을 소분했다. 덩그러니 서서 버터와 함께 생각했다.
"노동. 좋아."
"하지만."
"즐겁게. 노동. 하고. 싶어."
"어려운. 희망. 일까."
미련 없이 카페를 그만두었다. 아쉬운 건 버터와의 잦은 만남이 사라지는 것뿐이었으니까.

(우산)이 걸려 있던 곳

영화의 한 장면이 떠오를 때 주변 소리가 사라지거나, 혹은 사람들의 대화에 별안간 멋진 노래가 겹치며 그 순간이 느려지는 때가 있다. 나는 이런 때를 '소리 없는 순간'이라고 불렀는데 비슷한 순간이 나의 삶에도 가끔 찾아왔다. 마치 영화의 한 장면처럼 느려지는 듯한 순간. 그 가운데에는 종종 아빠가 서 있었다.

이 지구에서 아빠와 딸로 만난 사이. 그렇다 보니 가정 안에서 만들어낸 끈적이는 기름때 같은 이야기들이 존재하지만, 그럼에도 불구하고 아빠와 나를 계속해서 아빠와 나이게끔 만드는 건 아주 소박한 순간들이었다. 지금도 그때를 떠올리면 좋아하는 어떤 영화의 한 장면보다도 선명하게 그려진다.

소리 없는 순간 하나.

좀처럼 수능의 무게감을 체감하지 못하고 공부에 집중하지 못하는 고3 시절을 보냈다. 수능 당일을 떠올리면 엄마가 싸준 유부초밥과 미소된장국이 생각난다. 낯선 교실은 몸이 아플 정도로 추워서 쉬는 시간마다 보온병에 담긴 미소된장국을 후루룩후루룩 마셨다. 수능 날에도 유부초밥은 딱 유부초밥처럼 맛있었다. 제2외국어 시험을 치르느라 시간이 늦어진 저녁. 쏟아져 나온 수험생들 사이에서 나는 좋지도 괴롭지도 않은 무감각한 마음으로 역을 향해 걸었다.

거리에는 마중 나온 가족들을 만나 토닥임을 받거나 친구들끼리 소리치는 사람들로 평소와는 다른 기운이 가득했다. 그런 모두와 함께 같은 방향으로 걷고 있는데 저 멀리서 누군가 웃음을 지으며 아주 느린 속도로 나에게 다가오고 있었다. 웃음 다음에 보인 건 아빠의 얼굴. 아빠가 느리게 움직이는 것이 아니라 내 눈에만 그렇게 보인다는 건 거리에 있는 모두의 동작도 느리게 느껴졌기에 알 수 있었다.

아빠는 나보다 더 빨리 나를 알아보고 먼저 웃고 있었다. 수능이 끝나면 만나자는 약속을 한 것도 아니었고, 어디서 기다리겠다는 말을 들은 것도 아니었다. 미리 다음 신에 등장하려고 준비한 것처럼 내 앞에 다가온 아빠의 첫 마디.

"배고프지? 뭐 먹고 싶어?"

나는 아무 고민도 안 하고 대답했다.

"뼈다귀해장국!"

마치 음식 소품이 준비되어 있고, 대사가 쓰여 있던 것 같은 나의 수능 날. 천천히 다가오던 아빠의 미소.

소리 없는 순간 둘.

20대 중반, 어버이날에 다리가 부러졌다. 지금까지도 병원 생활은 선명히 기억난다. 처음 배정받은 4인실에서는 예상치 못한 일로 괴로움을 겪었다. 아주 조금만 움직여도 말 못 할 고통을 느끼던 때, 치매 증상이 있던 할머니 환자에게 도둑으로 의심받기 시작했다. 서로의 커튼이 젖혀 있을 때는 나를 노려보고, 할머니의 가족이 병문안을 오면 소리치며 물건을 돌려달라고 화를 냈다. 할머니의 가족은 나에게 사과하면서도 그냥 가져간 걸로 치면 안 되냐고 했다. "저는 움직이지도 못하는데요." 결국 엉엉 울고 말았다.

나는 병실의 가장 어두운 침대에 누워 밤새 흐느껴 울었다. 그 후로 아빠는 매일 빈 병실을 체크하셨던 것 같다. 어쩌면 창문 하나 없는 벽의 삭막함이 마음에 걸렸는지도 모른다.

어느 날 밤, 내일이면 방을 옮길 수 있을 것 같다던 아빠는 무척 기뻐 보였다. 병원에서 환자로 지내다 보면 기쁨은 좀처럼 찾아오지 않고, 기쁜 일에 기쁠 줄 모르는 사람이 된다. 나는 그저 무덤덤한 표정으로 끄덕거렸다. 병실을 옮겨도 나는 똑같이 아픈 사람이니까 큰 차이를 기대하지는 않았다.

다음 날 오전, 정말로 병실이 변경되었다. 가보면 어느 침대인지 바로 알 거라는 아빠의 말에 갸웃거리며 홀로 휠체어를 타고 8인실 병실에 들어선 순간, 정말 바로 알 수 있었다. 창가 옆 침대에 빛과 함께 걸려 있던 내 장우산 하나. 내 자리라는 아빠의 표시였다. 병원 생활 중 처음으로 웃었는지도 모르겠다. 벅찬 기분으로 휠체어를 타고 도착한 새 침대에는 곰돌이 그림이 그려진 새 수건 한 장이 놓여 있었다. 마치 "새로운 창가 침대에 온 걸 축하해"라고 쓰여 있는 편지 같았다.

지금도 종종 우산이 걸려 있던 침대를 떠올리곤 한다. 아빠는 창가의 빈 침대를 발견하고 얼마나 기뻤을까. 그 기쁨을 내 일상에 주고 싶었던 아빠는, 우산으로 선 하나를 둥글게 그었던 게 아닐까.

볕이 좋은 창가 침대에서 먹었던 아빠가 사다 준 물냉면 한 그릇. 내가 먹은 물냉면 중에서 가장 맛있던 한 그릇이다.

(사물)과 나,
기분이 건강한 쪽일 때

다 마른 식기를 정리하는 게 귀찮지 않을 때
샤워 후에 자연스레 변기 청소를 시작할 때
과일을 살 때
반찬을 한 가지 더 만들 때
채소를 씻을 때
가방이 가볍게 느껴질 때
다 먹은 밥상을 밀어두지 않고 곧장 치울 때
밥을 또 먹어야 한다니…라는 생각이 들지 않을 때
밥을 먹으며 다음 메뉴를 고를 때
이른 아침 시간이 필요할 때
하루 종일 볕을 따라 화분을 옮길 때
화분을 밖에 내다 놓은 걸 잊지 않을 때
다이어리 월간 페이지에 공란이 적을 때
집에서 핸드드립으로 커피를 내려 마실 때
바깥 소음을 저버릴 수 있을 때
사람과의 약속이 무겁지 않을 때
친구와 약속한 테이블이 기다려질 때
침대 커버를 바꿀 때
냉장고 위의 먼지를 닦을 때
출근 시간의 번잡함을 어느새 잊었을 때
그리고 싶은 그림이 떠오를 때

떠오른 그림을 단숨에 그려낼 때

일기를 쓸 때

일기를 다시 읽을 때

내일이 되면 또 커피를 마실 수 있다니,

생각하며 잠자리에 들 때.

〈사름에게〉 배움니다

（오늘의 나를 살리는）사물들

04

(행복이 담긴)
사물들

〈양배추〉가 맛있어지는 마법

일본으로 여행을 떠나기 전 다짐했다. 이번 여행에선 여러 가지 소스를 사 올 테다! 호기로운 외침에 함께 떠나는 일행은 대수롭지 않게 그저 가벼운 응원을 해주었다. 그러더니 설마, 단지 소스 때문에 수하물이 무료인 항공기를 예약한 거냐 물었다. 당당한 표정을 지으며 끄덕였다. "소스를 무시하지 마라. 아주 간단하게 맛있어질 수 있다고."

기내에 100ml 이상의 액체 반입이 안 된다는 사실은 나에게 너무나 치명적이다.

일주일이 조금 안 되는 여행이 이어질수록 낯선 동네에 익숙해져갔다. 호텔 근처에 24시간 운영하는 대형마트가 있었던 덕에 매일의 마지막 일정은 장보기가 되었다. 비행기를 타고 조금 멀리 장을 보러 왔다고 생각하면 어떨까. 장보기 놀이 혹은 미래를 그려보는 쇼핑을 하며 매일 밤을 보냈다.

마트에 들어가면 일행과는 잠시 안녕이다. 어디서 몇 시에 만나자는 약속도 없이 일단은 자연스럽게 찢어져 각자의 쇼핑을 하다가 우연히 수건 코너에서 만나 수건에 대해 이야기를 나누기도 하고, 누가 먼저랄 것도 없이 다시 흩어져서 개인의 시간을 보낸다. 이제 됐나 싶을 때 문자 메시지가 도착한다.

"아이스크림 먹을래?"

"좋지. 그쪽으로 갈게."

아이스크림을 구경하는 시간은, 장보기 종료의 알림이다.

근처에 사는 사람처럼 생필품이 가득 담긴 비닐봉지를 들고 호텔로 돌아와 캐리어 옆에 줄을 세워놓고 지내다가 여행 마지막 날에 정리하기로 했다. 여행이란 건 어쩌면 그 어떤 나날보다도 미래를 그려보는 때일지도. 나는 착실하게 미래의 하루를 그려보며 하나씩 사 모았다.

고무장갑, 1분만 삶으면 되는 파스타 면, 치킨 스톡, 시저 샐러드용 크루통, 기능성 칫솔, 잇몸이 아픈 사람에게 좋은 치약, 고형 카레와 크림 스튜, 스테인리스 휘핑기, 드립백 커피, 랩, 세안 비누와 세탁 비누, 각종 과자와 봉지 라면들, 그리고 대망의 소스.

막상 여러 종류의 소스를 마주하니 골몰하게 됐다. 미래의 내가 어떤 음식에 어떤 맛을 뿌려 먹고 싶을지 그려보는 일은 레벨이 높은 상상이었다. 상상력에도 단계가 있다니. 한 치 앞을 보는 일에 만능이라고 여겼는데, 미래에 먹을 소스를 다량 구매하는 일은 한 치만으로는 부족하다는 걸 알게 되었다.

우선 크루통을 샀으니 시저 샐러드용 소스를 사기로 했다. 오늘은 일단 이것만 살까 하며 돌아서는데, 양배추가 그려진 소스 하나를 발견했다. 일명 '양배추 우마이 소스'. 이자카야에서 메인 음식 전에 대강 썬 양배추가 먼저 나오던 순간이 생각났다. 작은 스테인리스 그릇에 가늑 담긴, 무언가 짭조름한 소스를 설렁설렁 뿌린 생양배추 말이다.

일명 안주 전의 안주. 그 하나만으로도 첫 잔이 완벽하다. 하지만 주문한 음식이 차려지는 순간, 더는 손이 가지 않는 음식이 되곤 한다. 이것만으로도 충분하다며 손이 바쁘게 먹어대던 양배추를 뒤로 치워버리던 지난 술상 앞의 내가 생각났다. 아, 이 소스만 있으면, 단출하지만 만족스러운 술상이 영원해지려나. 그런 생각이 들어 냅다 바구니에 담았다.

다시 나의 집. 다시 비슷한 일상의 연속. 하루를 마치고 혼자 먹는 술을 따르다가 소스 생각이 났다. 호들갑 떨며 채소 칸에 있던 양배추를 넓적하게 썰고 양배추 우마이 소스를 꺼냈었다. 흰 수건을 두르고 요리하는 사람의 마음을 떠올리며 신중하고 그럴듯하게. 더 이상 메인 메뉴가 차려질 리 없는 이 테이블에서 마치 무언가를 준비 중인 기분을 상상하며, 이것뿐이기에 맛있는 시간을 하염없이 느낄 수 있었다.

적당히 짭짤한 소스 덕분에 양배추는 채소가 아닌 요리가 되었다. 소파에 털썩 기대며 생각했다. 맛있다! 말 그대로 우마이(うまい: 맛있다)! 남아 있는 소스의 양만큼 맛있는 행복이 냉장고 안에 고여 있다.

(빵)집의 주인공

동네에 있는 오래된 빵집에서 빵을 사며 별생각 없이 지갑을 열었는데 "가져가시나요?"라는 점원의 질문에 문득 앉고 싶어졌다. 빵집 테이블에 앉아 방금 고른 빵을 느긋이 먹은 게 언제였던가. 급히 커피 한 잔도 추가로 부탁하며 쟁반에 담은 빵을 카운터에 그대로 두고 마음에 드는 테이블에 앉았다. 하얀 접시에 담길 빵을 생각하니 왠지 두근거렸다.

예상치 못한 일상의 변화는 크든 작든 나를 설레게 한다. 빵집에서 차려준 빵을 먹는 시간은 어째선지 옛 시절의 방과 후처럼 느껴지는데, 이런 수수한 생각은 일상의 공간을 조금 다른 공기로 채워준다. 먹고 갈 생각을 했더라면 한 접시에 담길 빵의 조화를 따져가며 골랐을 텐데하는 아쉬움도 잠시, 즉흥의 선택이 하나의 접시에 어떻게 담길지 기대되는 건 왜일까. 각기 다른 시간에 마주하려고 고른 세 개의 빵을 나의 변덕으로 한 번에 먹게 되었다. 남기면 다시 포장하면 되니 마음은 가볍게.

슈크림빵과 초코 소라빵 그리고 찹쌀 도넛. 테두리를 금박으로 장식한 하얀 접시에 놓으니 웃음이 나올 정도로 어울리지 않는 셋이다. 초코 소라빵에 든 초콜릿 크림은 무려 커스터드 크림에 다크 초콜릿이 섞여 있고, 소라 모양의 빵 자체에도 초콜릿이 가미되어 있다. 찹쌀 도닛은 시장이 아닌 빵집에서 만나면 그 반가움이 더욱 커지는 빵이고, 슈크림빵은 겉모습보다 묵직한 무게에 이미 두근거리게 되는 빵. 그러고 보니 지금 당장 나를 설레게 하는 빵을 골라든 걸까?

세 가지 빵을 한입씩 먹으며 빵의 시간이 흐르고 조금 더 앉아 있을까 싶어 빵집을 두리번거렸다. 누가 봐도 와이파이를 찾는 두리번거림이었다. 멀지 않은 곳에 친절히 쓰여 있는 메시지를 발견하고 조심히 다가갔다. 아이디는 빵집의 이름. 비번은 무얼까 했는데 순간 입술이 꽉 깨물어지는 웃음이 나왔다. 입술을 꽉 깨물었으니 웃음이 나온 게 아니라 웃음을 머금었다고 하는 게 맞겠지만.

비밀번호는 더도 덜도 말고 아주 깔끔한 단어. '밤 파이 **marronpie**'였다. 그러고 보니 이곳의 대표 빵은 공주 밤 하나가 통째로 든 밤 파이가 아니었던가? 일전에 딱 한 번 먹어본 기억을 더듬거리며 목을 길게 빼고 빵 코너를 멀리서 기웃거리는 나. 그렇구나 밤 파이구나. 빵집이 한 권의 그림책이라면, 밤 파이가 주인공인 거구나! 밤이 든 식빵은 조각난 밤을 기다리느라 식빵의 결이 잠잠하게 느껴져서 오히려 아쉬운데, 밤 파이는 밤 하나를 온전히 먹을 수 있는 완벽한 빵이라는 생각이 들었다.

조금 전까지 나를 설레게 한 세 개의 빵이 사라진 하얀 접시를 내려다보니 크림 자국만이 엷게 남아 있다. 이제는 밤 파이 생각만 가득해져서, 다음의 빵 접시에 밤 파이를 담기 위해 빠르게 일상을 정리해보며 나머지 빵 시간을 보냈다.

고마워 (섬초)
잘 부탁해 (줄기콩)

집에서 나와 살기 직전 엄마와 나 사이의 대화에는 '우리는 곧 떨어져 산다'라는 말풍선이 곳곳에 붙어 있었다. 나는 엄마와의 일상적인 장면을 마주할 수 없다는 사실을 떠올릴 때마다 울곤 했다. "일어났니?"를 듣는 아침이, "엄마 뭐 해?"라고 묻는 심야가 더 이상 존재하지 않을 거라는 생각에 등이 굽게 눈물을 흘렸다.

"약속하지 않아도 만날 수 있었는데, 이제 약속해야만 만날 수 있다는 게 너무 슬퍼."

살수록 고민은 늘어난다. 늘어난다는 건 그 수가 증가했다는 의미이기도 하지만, 같은 질량을 가지고 넓게 펴졌다는 의미이기도 하다. 그런 식이어서 다수 다종의 고민거리는 일상 곳곳에 잘도 자리를 잡았다. 선택하는 것은 즐겁다기보다 힘이 든다(그래서 뭐든 간에 빵 고르듯이 살고 싶다고 중얼거렸다). 그런 복잡한 와중에 무언가를 골라 선택했다면, 확신은 없더라도 일단은 해보기로 한 방향이 있다면, 그건 그 사람에게만큼은, 그 순간에만큼은 정답일 것이다. 하지만 그 선택이 타인에게는 해답이 아닐 수도 있을 테다. 각자 흘러온 모양으로 만들어진 매듭에는 그에 맞게 푸는 법이 있고 나아가는 방향이 있다.

엄마와 갑자기 떨어져 사는 것에 당황하고 힘들어하는 나를 누군가는 자신이 이미 지나온 단계를 이제야 겪는 어린 어른 혹은 큰 아이로 볼지도 모른다. 그렇다면 이렇게 말하고 싶다.

"저는 당신이 아니고, 당신의 삶 속 엄마와 떨어지는 게 아닙니다."

나는 이런 감정에서 수많은 나를 돌이켜보았다.

"그거 뭔지 알아. 힘들었겠다"라며 내 딴에는 위로한다며 내뱉었던 말에 친구는 '네가 정말 알까?'라고 생각했을지도 모를 일이다. 어쩌면 타인이 애써 속을 털어놓는 와중에도 나만의 추억 놀이에 빠져버리고만 싶었던 건 아닐까. 알 것 같은 비슷한 점만 쏙 골라 들은 건 아닐까.

나와 엄마의 관계는, 두 사람만의 관계다. 사전을 검색하면 나오는 '엄마'라는 단어의 인물이 아니라, 내가 아는 딱 하나의 엄마다. 엄마와의 관계에서 나는 하나의 단어를 떠올린다.

'연대'.

엄마와 나는 꽤 오랫동안 연대하고 같은 곳을 바라보며 한 가정이라는 울타리 안에서 서로를 지켜봤다. 조금이라도 행복하게, 이 와중에도 웃기 위해, 웃어도 된다는 분위기를 위해, 비극 속에서도 텔레비전을 볼 수 있게, 그렇게 살아내기 위해 손을 잡은 둘이었다. 아주 어린 시절부터 지금까지 말로, 속마음으로, 침묵으로, 돈으로, 카톡으로, 포옹으로, 울음으로.

나는 우리만이 아는 현실의 비극에서 벗어나 혼자만의 세계를 만들고 싶었던 것이지만, 그렇다고 엄마와 떨어지고 싶었던 건 아니었다. 결국 같은 지붕 아래에서 행해지던 연대가 막을 내렸다. 떨어져 지낸다 해서 우리의 연대가 끝나는 게 아니라는 걸 안다. 서로 다른 지붕 아래의 삶에서, 어떤 모양으로 연대가 이루어질지는 떨어져봐야 비로소 알게 될 것이다. 집에 머무는 습한 기운이 환기만으로도 빠져나갈지, 시간에 힘입어 결로 현상으로 이어져 여기저기 자국을 남길지 알 수 없는 것처럼, 겪어야만 마주하게 되는 다음 이야기들이 있다.

엄마와 떨어져 산 지 어느새 2년이 가까워졌다. 나는 이제야 샤워를 마치고 팬티만 입은 채 삶고 있던 고구마에 젓가락을 꾸욱 찔러보게 되었다. 쏟을 눈물을 일찍이 흘려둬서 그런지, 혼자 사는 집에 혼자 있는 게 쉽게 당연해졌다. 혼자 사는 생활은 어떻냐고 묻는 지인들에게 늘 웃으며 "마치 여기에서 태어난 것만 같아요"라고 부러 익살스럽게 말하기도 한다.

엄마의 집과 나의 집이 차로 10분 거리여서 그런지 의외로 자주 만남을 이어갔다. 같이 살 때보다 바깥에서 보는 날이 많아졌고, 원두를 갈아서 커피를 내려 마시는 테이블도 잦아졌다. 만나면 맛있는 걸 먹고, 공백 없이 마주 보는 시간을 벌기 위해 커피를, 과일을, 빵을 내왔다.

"엄마, 다음에는 자러 와."

그런 시간도 만들어볼까 하고 물으니 엄마는 고민도 없

이 "여기 TV 없잖아. 엄마는 TV 없으면 못 자" 한다. 함께 살 때 엄마와 같이 앉아 있기 위해 TV를 보던 지난 시간의 내가 생각났다. 궁금하지도 않은 드라마 줄거리를 귀찮게 물어보던 시간들.

하루는 동네 마트에서 엄마와 함께 장을 보다가 엄청난 양에다가 파격 할인 중인 섬초를 샀다. 엄마는 귀여운 말투로 "우리 이거, 나누자" 했다. 고민할 필요도 없었다. 그렇게 섬초 한 봉지를 집에 가져와 나누려는데 잠잠히 보기만 하던 엄마가 이내 팔을 걷어올렸다.

"이리 줘봐. 손질해놓고 갈게. 너가 오죽 잘 할까."

싱크대를 꽉 채운 섬초를 전부 다듬어준 엄마. 나는 그 곁에서 괜히 종알거린다. 엄마는, 섬초를 다듬으며 나와 있는 시간을 연장하고 있다 생각했다. 그렇게 우리는 떨어져 살게 된 이후부터 만남의 시간을 조금 더 선명히 만들어내고 있었다. 각자의 방식으로 속마음을 행동으로 옮기며, 조금 늦게 찾아왔을지도 모르는 연대의 2부를 성실하게 맞이하고 있었다.

엄마가 자신의 집으로 돌아가려 할 때 미리 사두었던 줄기콩을 챙겨주었다. 초록 채소라면 뭐든 좋아하는 엄마에게 전하고 싶은 나의 메시지를 줄기콩이라는 봉투에 담았다. 엄마를 생각하고 있다는 작은 한 줄이 닿기를 바라며.

가장 하고 싶은 말을 늘 먹거리에게 떠넘기는 것 같다. 떠넘겨 전한 마음은 언젠가 말이라는 덩어리로 자연스럽게 흘러나오지 않을까. 고마워 섬초. 잘 부탁해 줄기콩.

섬초는 생각보다 금방 먹어버렸다. 아무리 많이 볶아도, 이래도 되나 싶을 정도로 데쳐도 결국 손에 잡힐 정도로 적어지는 게 엽채류다. 데친 섬초를 손아귀 안에서 둥글게 모아 힘을 줘서 짰다. 소금을 넣고 데쳤더니 보글보글 거품이 일어난다. 손에 쏙 들어오지만 단단하게 잡히는 섬초 한 줌은 어쩌면 지금 엄마와 내가 마주한 연대의 표면일까.

나는 물이 나오지 않을 때까지 꾹꾹 손에 힘을 줘본다. 해풍을 맞고 자란 섬초가 내 입으로 들어오기까지의 긴 과정 중에서 아주 잠깐은 이렇게나 단단한 모습을 한다. 그 순서가 어째 가장 마음에 든다.

(가름끈) 한 줄

　회사를 그만두고 지금의 생활을 유지한 지도 시간이 꽤 지났다. 이제는 '그 시절'이라고 생각될 만큼 조금은 애틋한 느낌을 담아 그려본다. 아마도 다시는 출퇴근 생활을 하지 않을 것이어서 그럴까. 똑같은 시간에 모여 공통의 공간에서 비슷하지만 전혀 다른 감정으로 함께 지내던 사람들을 때때로 추억해본다. 이제는 혼자 일하는 것이 당연해진 일상. 코까지 가려지는 파티션을 사이에 두고 나란히 앉아 일하던 동료가 있었다는 게 어색하기만 하다. 각자의 자리에서 '문구 디자이너'라는 이름과는 전혀 다른 일을 더 많이 하며 돈을 벌던 나의 동료들.

운이 좋게도 마음이 맞는 사람이 있어서 회사 생활이 즐겁기도 했지만, 도무지 이해되지 않는 사람들과의 소통으로 조금씩 나를 잃기도, 또 회사 생활을 이어가는 힘을 잃기도 했다. 퇴사한 지 이제 4년이 넘었다. 당시 너무나 미웠던 사람과, 나를 미워했던 사람을 떠올려보았다. 그렇게 밉지 않았다. 알게 모르게 얼마나 열심히 통풍하고 환기한 걸까. 흙이 묻은 바지를 털듯 얼마나 자주 허리를 숙였을까. 누구나 어느 순간에는 괴물이 될 수 있다고, 이제는 정말로 그렇게 생각하고 있다.

누구나 괴물이 될 수 있다. 괴물로 만들어버리는 구조와 환경이 문제였으리라 생각한다. 그렇다 해도 구조에 힘입어 기꺼이 괴물이 된 사람들을 애써 이해하기 위해 에너지를 쓰고 싶지 않다. 그저 매일이 끔찍하지만은 않았다는 걸 기억한다.

적어도 내가 절대 잊어버리지 않는 장면이 한 줄기 남아 있다. 다이어리를 만들기 시작했던 늦여름. 견적상 가름끈을 넣을 수 있게 되었을 때, 게다가 다이어리에 맞는 색을 고를 수 있다는 소식에 모두가 기뻐했던 순간이 있었다. 가름끈 샘플을 보며 웃던 사람들의 표정이 지금은 가장 선명하다. 적어도 가름끈 한 줄에 기뻐하는 사람들이라는 사실을 나는 기억하고 있다. 지금은 그 작은 기쁨만을 기억하고 싶다. 그 한 줄기 기쁨이 나를 잃게 만든 나쁜 문장들을 어서 이겨내기를.

(생일 초)와 (하차 벨)

"버스 하차 벨은 양보할게. 하지만 내 촛불은 내가 불 거야."

언젠가 미래의 내 아이에게 했던 말. 지금의 나는 결혼은커녕 아이를 낳을 계획조차 없지만, 모든 인생을 미리 단정 지을 수 없는 일이다. 어쩌면 같은 지붕 아래 함께 할 아이의 존재가 먼 미래 혹은 근 미래에 있을지도 모르고, 이번 생에는 전무할지라도 이따금 상상은 해볼 수 있다. 어떤 상황에 어떻게 반응할지 미리 고민해보거나, 절대 하지 말아야 할 말을 거르기도 하면서 지금의 내가 어떤 인간인지 가늠해보는데, 그러다 문득 꼭 꾸리고 싶은 장면이 생겼다. 내 생일 초를 내 아이의 축하를 받으며 어엿하게 부는 것.

어른이 된 후에 자신의 생일 초를 아이에게 양보해야 하는 모습을 접할 때마다 묘한 감정이 정리되지 않은 표정으로 다가왔다. 기쁨은 어린아이에게만 주고, 어린아이에게서만 기쁨을 받는다는 듯 가족 모임에서 누구의 생일이든 가장 근래에 태어난 귀여운 아이에게 초를 부는 즐거움을 주는 일. 생일 초를 부는 짧고 단순한 즐거움을 양보해야만 하는 할머니를 상상해보니 머리 위에 쓰고 있을 고깔모자가 머쓱해졌다. 내가 아직 모르는 게 많은 걸까? 엄마가 되면 마음이 달라질지도 모른다. 어쩌면 누군 가의 엄마가 아닌 지금이기에 가능한 다짐일지도 모른다.

사실 그간 별생각이 없었다. 아이가 셋인 친구의 인스 타그램 피드에 올라온 영상 하나를 보기 전까지는. 친구 의 생일에 남편과 세 명의 아이가 동그랗게 모여 파티 를 열고 있다. 생일 축하 노래가 끝나갈 즈음 나도 모르 게 '세 명 모두 초를 불고 싶어 하겠다'라는 속마음 말풍 선이 올라왔다. 그런데 예상과 다르게 아무도 나서지 않 고 아이들은 케이크와 엄마의 얼굴을 따뜻하게 바라볼 뿐 이었다. 작은 아이가 작고 귀여운 팔로 엄마의 어깨를 두 르며 말한다.

"엄마! 촛불 불어."

그리고 아이들의 축하를 받으며 당당하게 초를 부는 친 구. 그 모습에 마음이 잔뜩 부풀어서 영상을 몇 번이나 보 고 또 봤다. 세 명의 아이 모두 엄마가 초를 불 때까지 손 뼉 치고, 촛불을 부는 엄마를 향해 축하해주었다. 내가 아 닌 다른 사람의 생일을 축하하는 기쁨을 알고 있다는 것 또한 행복이 아닐까.

무거운 숫자에 다가갈수록 내 나이의 주머니 또한 주름 이 생기고 묵직해지지만, 처음 느꼈던 즐거움이 잊히지는 않았다. 즐거움이란 단순하면 단순할수록 강하다는 걸 이 지구에서 처음 배웠으니까. 나이가 하나씩 더해져도 여전 히 하차 벨을 내 손으로 누르고 싶고, 마트 가는 길에 인도 가장자리를 따라 뒤뚱거리며 걷고 싶고, 볼록 튀어나온 보도블록 위에서 무게 중심을 움직이며 흔들흔들 서 있고 싶다. 바닥에 주저앉아 지나가는 개미를 보고 싶고, 인공 색소가 잔뜩 든 불량식품을 카트에 몰래 담고 싶다. 그네를 타고 싶고, 놀이터의 가장 높은 곳에 올라 하늘 위로 두 손을 펼치고 싶다. 참새의 일과를 하루 종일 지켜보고 싶고, 숨을 멈춘 곤충에게 작은 무덤을 만들어주고 싶다. 굳은 아스팔트 도로에 생긴 고양이 발자국을 따라 모험을 떠나고 싶고, 과자 봉지에 그려진 귀여운 그림을 가위로 오리고 싶다.

 어른의 마음속에는 늘 어린이가 산다는 이야기가 아니다. 그 둘은 절대 나뉘지 않는다는 걸 인정하고 싶다. 태어나 처음 느꼈던 재미를 어찌 나이 탓을 하며 잊겠는가. 이 꾸준한 마음을 저버리는 방법을 알고 싶지 않다.
 하차 벨은 침 꿀꺽 삼키고 양보할 수 있다. 하지만 내 생일 초는 나 혼자 불 거야!

（행복이 담긴） 사람들

가장 좋은 (선물)

해 질 녘, 테이블에 두 다리를 몽땅 올리고 앉아 친구에게 줄 선물을 고르고 있었다. 늘 무언가 필요로 하고, 부족한 일상을 채우기 위해 새로운 물건을 떠올리고, 온라인 쇼핑몰을 습관처럼 둘러보지만, 선물을 고민하며 친구의 일상에 새로운 물건을 그려넣는 일은 좀 더 확실한 상상력을 요했다. 내 자리에 필요한 것이라면 벌떡 일어나 바로 확인해볼 수 있지만, 친구의 선물은 그렇지 않다. 그간 마주 본 시간 동안 친구에게 머물렀던 나의 시선에 얼마나 관심이 담겨 있었는지, 흘러간 대화의 강을 다시 그릴 수 있을 정도로 세세하게 기억하는지에 따라 좌우된다.

그렇게 축적된 관심의 데이터를 바탕으로 확고하게 판단해야 하는데 그게 쉽지가 않다. 이 물건이 친구에게 있느냐 없느냐로 시작된 질문은 끝도 없이 비슷한 질문을 내 방으로 데리고 온다. 없다면 왜 없는지, 사고 싶어 하기는 했는지, 필요하지 않았는지, 있더라도 하나 더 있는 편이 좋은지, 괜히 난처하게 만드는 건 아닌지, 친구의 일상을 너무 많이 변하게 하는 건 아닌지.

그 어느 때보다도 친구의 일상에 대해 골몰하는 이 시간이 즐겁기도 하면서 왜 이렇게 내가 싫어지는지 모르겠다. 진작에 더 대화를 나눌걸. 선물의 힌트를 얻을걸. 집에 더 자주 놀러 갈걸…. 질문들이 등장한 문으로 후회들이 줄줄이 들어온다.

핸드드립 도구를 선물해주고 싶어 알아보다가 문득 "그라인더가 있던가" 하고 소리 내어 말했다. 없다면 커피 원두를 살 때 늘 갈아서 가져와야 할 텐데, 당일에는 괜찮더라도 며칠 지나면 원두의 풍미가 떨어질 텐데. 그럼, 그라인더를 먼저 사야 하나? 생각 속의 생각이 뭐가 그리 신이 났는지 끝도 없이 손에 손을 잡고 춤을 춘다.

이런 고민을 할 수밖에 없는 건 나라는 사람이 그저 선물을 주기만 하는 사람이 아니기 때문이다. 언제나 받는 사람이기도 하다 보니 선물을 받는 기분도 잘 알고 있다. 어떤 선물은 기쁘지만, 어떤 선물은 매일의 내 태도를 필요로 하기도 한다. 그게 좋든 싫든 변화를 가져온다는 건

결코 가벼운 일이 아니었다. 게다가 매사에 소극적인 마음이 깔린 성격으로 살다 보니 나로 인해 바뀐다는 게 어떤 일이든 크게만 느껴진다. 버스 정류장에서 벨을 누르고 나 혼자만 내리는 상황에서도 "세상에… 내가 세상을 바꿨어! 내가 벨을 누르지 않았더라면 모두 이 정거장에서 멈추지 않았을 테지!" 하는 사람이니까.

처음으로 한 친구에게 꽃을 받았던 날. 꽃다발이라는 선물 자체에 어떤 상징과도 같은 기쁨이 일어났다. 정말 좋았지만, 집으로 가는 길에 꽃은 점점 고개를 숙였고 기운이 빠졌다. 하긴, 사람인 나도 지하철을 타면 그런 상태가 되는걸. 들르려고 했던 마트를 그냥 지나쳐 집으로 돌아가 곧장 꽃병을 찾았으나 마땅한 것이 없었다. 그간 스스로 꽃을 산 적이 한 번도 없다는 사실이 꽃병의 부재로 드러났다. 부엌 선반에서 가장 긴 물컵을 꺼내 꽃을 꽂아보았으나 아무래도 엉성해 보였고 그제야 내 방을 조금 다른 시선으로 둘러보게 되었다. 당시에는 부모님과 함께 살았고 작은 내 방에는 짐이 꾸역꾸역 들어차 있었다. 그런 방에 화사한 꽃을 두니 꽃만 둥둥 떠다니는 것 같았다.

집에 꽃이 있다는 건 매일 꽃의 줄기를 다듬고 물을 갈아주는 행위가 당연히 동반된다는 의미다. 더 오래 두려면 매일 줄기의 끝을 사선으로 잘라줘야 한다. 며칠 동안 그런 아침을 맞이하며 이런 매일도 새삼 좋다고 느꼈지만 결국 더 이상 물을 갈아줄 필요가 없는 날이 찾아왔다. 쓰레기 봉투에 시든 꽃을 눌러 담으니 박수 소리가 끝난 듯한 적적한 기분이 올라왔다. 꽃은 그런 점에서 확실한 여운이 있는 선물이었다.

 가장 좋은 선물은 무엇일까. 상대방의 일상을 확실히 바꾸는 물건일까, 있는 둥 없는 둥 그 자리에 자연스럽게 놓이는 물건일까, 먹거나 사용해서 없어지는 부담 없는 물건일까, 꼭 필요한 기능이 좋은 물건일까. 언제나 결론은 나지 않고, 시간은 자비 없이 흘러 흘러 생일 선물을 줘야 하는 날에 가까워져 있다. 해가 져버리고 어두운 밤이 찾아올 때까지도 선물을 고르지 못한 채 앉아 있다가 노트북을 휙 닫아버렸다. 그저 친구에 대해 더 알고 싶다는 생각이 들었다. 내년 선물로는 1년치의 관심이 어떨까.

임진아라는 (티백)

　임진아라는 사람을 티백 삼아 뜨거운 물에 담근다면 어떤 맛이 날까. 아마도 맛있는 걸 더 맛있게 먹고 싶은 맛의 차가 우러나오지 않을까.

　얼마 전의 일이다. 작업실에서 일하는 내내 내 몸은 '잔치국수'라는 말풍선을 내게 보내오고 있었다. 집에서 후딱 끓인 1인 가구식 잔치국수. 마침 겨울이니 집으로 가는 동안 차가워질 몸은 좋은 재료가 되어줄 테다. 뜨거운 국물에 힘없이 함께 뜨거워진 흰 면을 후루룩후루룩 마실 생각에 서둘러 일을 마쳤다(내일의 나에게 남은 일을 미뒀다). 짐을 싸며 내 몸이 보낸 말풍선에 이렇게 답신을 보냈다.

"어묵을 가늘게 썰어 넣어서 면을 집어 올릴 때 길게 함께 들리는 어묵국수."

좋았어! 하고 장갑도 끼지 않은 채 자전거를 타고 마트에 가서 국물 양념이 들어 있는 어묵과 청경채를 산 후 곧장 집으로 향했다. 일을 이렇게 순조롭게 했다면 더 일찍 집에 갈 수 있었을 텐데.

어묵국에 바로 면을 삶는 것이 1인 가구식 국수에 알맞겠지만, 나의 손님인 나는 맑은 국물을 원했다. 소면을 먼저 삶아 찬물에 씻어두고 그 위에 어묵국을 부으면 훨씬 맑은 국수를 만날 수 있다. 그 정도의 추가는 너그럽게 봐준다.

"간편하게! 하지만 기왕이면 맛있게!"

나라는 손님이 사는 우리 집의 부엌에는 언제나 이 한 줄의 문장이 떠다닌다.

그렇게 완성된 다소 후딱 국수. 마음은 정말 잔치다. 친구에게 받은 유자 소스에 어묵을 찍어 먹으니 얼굴이 활짝 펴지고 기가 막힌 감동이 우러나왔다. 별거 아닌 레시피로 내 마음에 쏙 드는 한 그릇을 만날 수 있다니. 내가 나에게 기꺼이 쏟을 수 있는 정성으로 입에 맞는 한 그릇과 마음에 드는 하루가 만들어진다.

하지만 이때만 해도 조금 다른 정성이 더 필요하다는 사실은 인지하지 못했다. 맛있다는 단순한 감정만으로 겨울이 끝나기 전 어묵국수의 행복을 자주 누리고자 몇 번이나 같은 국수를 해 먹었다. 그 간격이 너무 좁았던 걸까, 같은 행복을 너무 자주 누리려고 했던 걸까. 어째선지 먹고 싶어하는 마음이 잠잠해지자 나는 그만 이런 생각을 하며 전과 다른 태도로 국수를 후루룩거리고 있었다.

'좋아하는 음식을 가끔 먹는 정성….'

기왕이면 더 오래 좋다고 느끼기 위해서는 내가 꾸렸던 정성을 지켜내는 정성 또한 필요하다는 것을, 이제는 조금 비릿하게 느껴지는 어묵을 유자 소스에 듬뿍 찍어 먹으며 겨우 눈치챘다. 저기요, 참는 것도 정성인가요? 어디에도 닿지 않는 질문을 던지자 나에게 돌아왔다.

맛있다고 느낀 음식을 먹고 또 먹는 행위는 마치 같은 티백을 우리고 또 우려 마시는 것과 그리 다르지 않을지도 모른다. 적어도 어묵은 그랬다. 좋아하는 것들이 흐려지는 과정을 지켜보는 것은 얼마나 외로운 일인지. 나는 혼자 있을 때 맞이하지 못했던 외로운 감각을 이제야 발견했다.

그러던 어느 날, 쌀 호두과자에 빠져 그 브랜드의 팝업스토어가 진행되고 있는 백화점 식품관을 찾았다. 얼마 전 다른 팝업스토어에서도 30분이나 줄을 서서 호두과자 서른 알을 사버린 나였다. 어묵국수 사건을 떠올리며 몇 알을 사는 게 좋을지, 며칠 전에 감동하며 먹은 호두과자가 오늘도 마음에 들지 걱정되었다.

침착하게 우선 열 알을 사서 백화점 식품관의 작은 테이블에 앉아 조심스레 맛을 보았는데 여전히 맛있어하는 나를 다시 만났다. 만드는 지점마다 바삭거림이나 팥의 양 따위가 미묘하게 달라서 같지만 다른 기분이 들었다. 그제야 확신이 들어 스무 알을 더 사서 집으로 돌아와 이틀 내내 나눠 먹었다. '이제 당분간은 그만 먹자. 이제는 먹고 싶어하는 마음을 키우자.' 그렇게 생각하니 아쉬운 마음까지도 맛있게 느껴졌다.

이 정성은 음악도 마찬가지다. 마음에 드는 곡이 생기면 한 곡만 반복 재생하는 나는, 듣는 내내 처음의 감동이 줄어드는 것을 느끼면서도 듣는 걸 멈출 수가 없다. 멜로디나 가사가 좋았던 부분에서 점점 딴생각을 하게 될 때면 슬퍼진다.

가끔의 정성. 정성을 쏟자. 좋아하는 것을 전과 같이 좋아하기 위해.

(종이봉투)에 부는 바람

"봉투는 괜찮습니다."

내가 자주 하는 말이다. 봉투는 필요 없다는 의사 표현. 빵을 살 때도, 동네 할인마트에서 장을 볼 때도, 심지어 옷을 사고 나서도 하는 말. 곧 쓰레기가 될 만한 것은 최대한 받지 않기 캠페인을 실천 중이다.

도쿄 국립 근대 미술관에서 타카하타 이사오(스튜디오 지브리를 공동 설립한 일본 애니메이션 감독) 특별 전시를 보았을 때의 일이다. 바다를 건너가야 볼 수 있는 전시였지만, 운 좋게 일정이 맞아 부랴부랴 오전 시간을 빼서 찾아갔다. 500엔을 주고 산 한국어 오디오 설명을 들으며 그의 행보를 천천히 둘러보았다. 전시를 보고 나오면 언제나 그렇듯 마지막에는 아트숍이 반긴다. 산책하듯 느긋한 템포로 감동을 받은 다음 순서가 지갑을 여는 시간이라니 너무나 위험하지만, 특별 전시에 맞춘 굿즈가 있는 아트숍이 없다면 그건 또 얼마나 서운한 일일까.

친구들에게 선물할 책갈피와 엽서 등 무게감이 없는 얇은 굿즈만 잔뜩 골라 계산대 앞에 줄을 섰다. 계산대에는 두 명의 스태프가 있었다. 현금으로 계산하는 손님만 이어지던 한쪽 스태프는 손은 바쁘지만 수월해 보였고, 다른 스태프 앞에는 카드 결제가 잘 안 되는지 계속 같은 손님이 서 있었다. 카드 결제로 씨름하고 있는 스태프의 이마에 땀이 송골송골 맺혔다.

'그 기분 너무 잘 알아요….'

나 혼자 이상한 공감대를 만들며 굳이 쳐다보지 않았다. 보는 눈이 하나라도 줄어야 땀이 식을 것 같았으니까.

결국 카드 결제는 아주 느린 속도로 처리되었고, 한참을 기다린 손님도 한참을 씨름한 스태프도 기진맥진한 표정으로 겨우 웃어 보이며 서로를 놓아주었다. 그리고 다음 차례는 하필 나.

'괜찮아요. 나는 현금 손님이랍니다.'

얇은 굿즈 몇 개를 금방 계산한 후 습관적으로 스태프에게 말했다.

"봉투는 괜찮습니다."

스태프는 흠뻑 젖은 땀 때문에 앞머리가 이마에 붙어 있는 얼굴로 나를 쳐다보았다. 그러고는 계산대 밑에서 종이봉투를 꺼내어 보여주었다.

"전시 제목과 그림이 인쇄된 봉투인걸요. 그래도 괜찮으세요?"

크라프트지에 흐린 횐색으로 1도 인쇄가 되어 있는 봉투였다. 지금 이 전시 아트숍에서만 받을 수 있는 봉투. 뻣뻣한 느낌의 만듦새가 좋았다. 분명 이것만으로도 좋은 굿즈이며, 기념이 될 만했다.

"아!"

초롱초롱한 눈으로 봉투를 바라봤다. 내가 산 것들을 담기에는 너무나 컸지만, 욕심이 났다.

"봉투… 주세요."

"네. 부디. 모처럼이니까요."

"알려주셔서 감사해요."

내가 스태프였어도 그랬을까. 카드 결제 씨름 사건으로 지칠 대로 지친 상태에서 이 특별한 봉투를 가져가지 않는 손님을 그냥 보내지 않았을까. 특별 전시에 맞춰 모처럼 만든 이 아름다운 것을 가져가지 않을 거냐는 말을 아끼지 않았을까. 그런 에너지를 아끼지 않고 봉투를 보여주어서 얼마나 고마웠는지. 역시 전시의 감상은 아트숍까지 이어지는 게 확실했다. 도쿄 국립 근대 미술관은 알고 있어야 할 것이다. 작은 기쁨을, 사소한 아름다움을 알고 있는 직원이 아트숍에서 일하고 있음을.

무게감이 전혀 느껴지지 않는 얇은 기념품을 담기에 봉투는 역시 컸다. 부피감이 없는 봉투를 신나게 흔들며 전시장을 빠져나오니 비가 실컷 내리고 있었고, 다음 일정에 쫓겨 역까지 뛰었다. 전시를 보며 내내 담아둔 두둥실한 마음들이 날아갈까 걱정하며 부둥켜안고 뛰던 내 모습은, 꼭 타카하다 이사오의 작품 속 주인공처럼 보이지 않았을까. 뜨거워진 볼에 찬 공기가 스치며 바람이 풍성하게 불고 있었다.

（행복이 담긴） 사물들

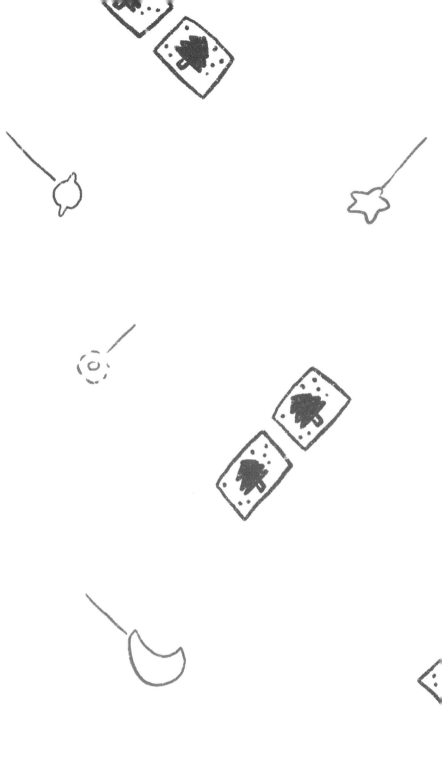

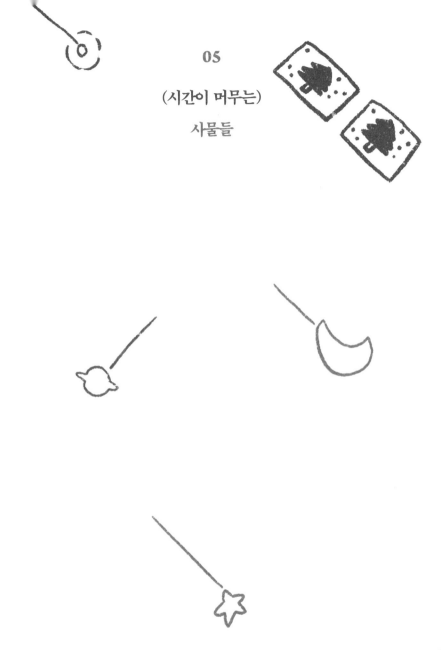

05

(시간이 머무는)

사물들

시간이 만든 (얼음)

'시키다'라는 말을 싫어한다. '시키다'의 사전적 의미는 두 가지. 1) 어떤 일이나 행동을 하게 하다, 2) 음식 따위를 만들어 오거나 가지고 오도록 주문하다. 나는 되도록 후자의 의미로는 사용하지 않으려고 한다. 다른 나라의 언어를 배우면서 입버릇처럼 쓰던 내 언어에 대해 신경 쓰게 되었다. 몇 해 노력했더니 어느 정도 고쳐졌다는 게 느껴진다.

식당에서 '주문하다'라고 하기보다 쉽게 '시키다'라고 말하는 것처럼 일본어에도 '타노무(たのむ)'라는 표현이 있다. 약속 자리에 먼저 와 있는 친구에게 "시켰어?"라고 물을 때 "타논다?"라고 하는데, 이때 '타노무'의 원래 뜻은 '시키다'가 아니라 '부탁하다, 청하다'에 가깝다.

입에 붙은 언어가 어디에서 왔는지 생각해보게 된다. "뭐 시켰어?"라고 말하는 내 모습을 떠올려보자. 직원에게 무언가를 지시했냐고 묻는 태도가 아무래도 이상하다. 상대에 대한 태도는 언어에서 느껴지기 마련이다. 나도 모르게 어떤 위치를 설정해두는 언어는 쓰지 않는 게 좋지 않을까. 특별히 상관없더라도 나는 이런 것에 괜히 열심이다. 물론 타인에게는 강요하지 않거니와, '시키다'라고 말하는 사람에게 별 감정도 없다.

지금의 나는 누군가에게 무언가를 시킬 입장은 아니다. 물론 의뢰받은 일을 내가 나에게 시켜야 누운 자리에서 몸을 일으키긴 하지만…. 그런 내가 굳이 '시키다'의 의미대로 하는 대상이 있으니, 바로 시간이다. 그저 하염없이 묵묵히 미래로 가는 시간에게 일거리를 주는 것이다. 이는 괜히 의기양양한 기분을 준다.

잠자리에 들기 전 얼음 틀에 물을 붓는다. 나는 곧 달게 잘 테지만, 시간만큼은 놀게 놔둘 수 없지. 맹물을 마실 때도 꼭 얼음을 넣다 보니 겨울에도 얼음은 상시 필요하다. 얼음이 완성되기를 기다리는 시간만큼 지루한 게 없지만, 얼음만큼은 아끼고 싶지 않다. 비슷하게 시간을 활용하는 방법으로 외출할 때 얼음 틀에 물을 채우고 나간다.

또 하나, 여행을 떠나기 전에 슬리퍼 빨기. 내가 떠나 있을 동안 빈집에서 사물 모두가 쓰임 없이 쉴 테니 그 시간을 어떻게 이용할 것인지 열심히 궁리한 결과, 두툼한 실내 슬리퍼를 야무지게 빨아 널어두기로 했다. 여행에서 돌아오자마자 빳빳해진 슬리퍼를 신고 집에 들어올 수 있을 뿐 아니라, 슬리퍼가 마르기를 기다리며 맨발로 다니지 않아도 된다. 비슷한 마음으로 여행 전에 꼭 해두는 일이 몇 가지 더 있다. 쓰레기통을 비우고 물로 씻은 후 말리는 자세로 세워두기, 싱크대의 식기건조대 물받침 닦기, 냉장고의 투명한 선반 꺼내어 닦기.

어차피 시간은 흐르는 일을 한다. 그 길에 내가 원하는 것을 위해 필요한 행동을 올려두는 것만으로 충분히 만족을 느낀다. 내가 원하는 장소로 향하는 무빙워크에 소풍 도시락 하나를 올려두는 가벼운 마음으로, 그렇게 '시키다'라는 단어를 나에게만 가져온다.

겨울의 (디카페인 커피)

여름에는 보이지 않지만, 겨울에는 보이는 것이 있다면 무엇일까. 내가 발견한 것은 겨울 산에서 내려다보는 풍경이다. 봄에 피기 시작한 잎은 여름을 맞으며 왕성히 자라다가 가을에는 단풍이 되어 시야를 빼곡히 채웠는데, 겨울이 되자 보이지 않던 마을과 건물들이 저 멀리 보이기 시작했다. 한 해를 수놓았던 잎사귀들이 모두 져버린 계절에 만난 풍경. 나무가 잎을 잃자 내가 얻는 게 생겼다. 멀리까지 닿는 시원한 시선. 가느다란 나무 줄기들 사이사이로 저 멀리 고가를 타고 이동하는 차들이 보인다. 어디를 저렇게 바빠 가는 걸까? 나는 지금에 머무는 걸까? 지난 계절에는 하지 않았던 질문을 산속에서 떠올리고 있었다.

겨울이 되면 이른 오후 실내 창문 유리에 내가 보인다. 그런 연유로 회사원 시절에는 겨울을 싫어했다. 퇴근 전 회사의 큰 창을 쳐다보면 밖이 아니라 내가 보였다. 밖에 있지 않은 내가. 6시에 나와도 꼭 밤에 퇴근하는 듯한 세상의 조도는 하루를 이렇게 끝낸 것 같은 기분을 선사했다. 그러자 비로소 느껴지는 감각이 있었다. 한 뼘 더 들어가야만 느끼던 나의 어둠. 여름에는 한낮에 퇴근하는 기분 덕분에 사라졌던 오후의 우울감이 겨울이면 고개를 내밀었다.

　우울의 발견은 비단 나쁘기만 할까? 때론 알아챌 수 있나는 것에 안심한다. 숨길 수 있는 시간에는 한계가 있었고 나는 모른 척하기 싫었다. 겨울의 퇴근길이면 곧장 돌아가지 않고 집 앞 스타벅스에서 디카페인 커피를 주문하고 앉아 내가 잃기 싫은 오후를 자꾸만 쳐다봤다. 맛보다는 기분을 위해 먹는 디카페인 커피는 그렇게 겨울 오후의 음료가 되어 종종 테이블 위에 놓였다.

　계절이 변하면서 비로소 보이는 것, 그리고 봐야 하는 것들을 눈치채고 싶어졌다. 통유리에 비친 내 얼굴을 멀리서 쳐다보며 괜히 입꼬리를 올리던 기분은, 한껏 구겨진 셔츠가 빳빳해지도록 옷걸이에 걸어두는 것과 같았다.

펼치면 소리가 나는 (카드)

『빵 고르듯 살고 싶다』를 읽은 분이라면, 내가 얼마나 조합하는 일에 두근거려하는지 알고 있을 것이다. '포장'을 꼭 '조합'이라고 부르는 데에는 딱히 이유나 고집은 없다. 다만 단순히 물건을 비닐로 싸는 일만이 아니기에 그 과정에 더 가까운 단어를 사용하게 되었다.

조합 그 자체는 보통 단순 업무로 분류된다. 하지만 하나의 제품을 비로소 완성시키는 마지막 순서로 그 비중은 절대 가볍지 않다. 간단하게만 볼 수 없는 이 일을 나는 대체 언제부터 좋아했을까? 어쩌면 조합하는 일이 직업이 아니었기 때문일지도 모른다. 그렇기에 매력이 있는, 창문을 열듯 뚜렷이 환기하는 일이었다.

첫 직장은 소규모 회사였기에 조합 일의 대부분은 내부에서 이뤄졌다. 포토샵이나 일러스트레이터 따위의 프로그램을 입사한 후에 접했기 때문에 컴퓨터 앞의 시간은 어렵기만 했다. 시장조사 업무는 시간과 돈을 쓰면서까지 자리를 비우는 일이기에 그만한 결과를 내야 했고, 업체를 알아보는 일 또한 마찬가지였다. 그러던 나날이었기에 "시간 괜찮으면 잠깐만 조합하자"라는 대표의 말에 대답보다 엉덩이가 먼저 의자에서 벗어나려고 반응하기 마련. 한창 업무에 집중하고 있었다는 듯 모니터를 길고 끈적이게 바라보며 몸을 움직였다. 그렇게 마지못해 응하는 척하며 테이블 앞에 앉으면 조합하기 좋은 구성이 차려져 있었다.

"스티커 열 개 세트거든? 하나씩 넣으면 되고, 차례대로 넣어줘. 이 스티커가 맨 앞에 오면 돼. OPP봉투 담고 뒷면에 바코드 스티커 붙이는 건 알지?"

'오늘은 너무 쉽네.'

쉬워서 아쉬운 마음이 들었다. 드라마 〈수박〉의 "저는 좀 더 복잡한 일을 하고 싶은데…"라는 대사를 속으로 읊조렸다.

줄곧 문구 회사에 다닌 건 아마도 우연이 아닐지 모른다. 사물이 되는 결과를 만들어내는 일. 누군가의 손에 어떻게 닿을 것인지까지 생각해야 하는 일이기에 적성에 맞지 않았을까. 규모가 큰 회사로 옮길수록 스스로 조합하는 일은 적어졌지만 때때로 어쩔 수 없이 디자이너가 조합해야 하는 일이 생기면 나도 모르게 입꼬리가 올라가곤 했다. "대체 제일 하고 싶은 일을 당장 업으로 삼지 않고 무얼 하는 거야?"라는 말풍선이 종종 사무실에 떠 있곤 했다.

내부에서 조합하지 않을 때는 전문 조합장에 보내야 했다. 이럴 땐 제작업체에서 보낸 결과물들이 언제 조합장에 입고될지 보고하고, 조합이 이뤄지도록 제대로 의뢰서를 쓰는 일이 중요했는데, 최종적으로 여러 개의 물건을 어떻게 모을지 최대한 자세하고 친절하게 설명해야 하는 '조합 설명서'를 만드는 일이 가장 신경 쓰이는 업무였다. 복잡한 조합일 경우 조합하는 과정을 한 컷씩 사진으로 찍어 만들기도 했다.

OPP봉투에 노트를 넣는 단순한 조합이더라도 모든 과정을 문서로 만들었다. 어떤 그림이 앞에 와야 하는지, 봉투가 위로 닫히는지 아래로 닫히는지, 바코드 스티커는 어느 쪽에 붙는지 등 조합장의 직원을 쉽게 이해시키는 데에는 정성과 시간이 필요했지만, 회사에서는 중요한 일로 쳐주지 않았다.

조합에 대해 말하고 싶어서 '언제부터 조합을 좋아했을까?'라는 질문을 던지니 회사 시절 이야기가 술술 나왔지만, 사실 돌이켜보면 훨씬 이전부터 좋아했다. 내가 나에게 질문을 던지자 잊었던 장면이 떠올랐다.

초등학교 3, 4학년 때쯤 엄마는 집에서 부업을 시작했다. 여러 가지 부업 중 하나는 크리스마스 입체 카드를 만드는 일이었다. 반으로 접히는 카드와 멜로디 장치, 입체로 움직여야 하는 그림 조각들이 검정 봉투에 나뉘어 담겨 있었고, 엄마와 오빠와 함께 거실에 둘러앉아 줄어들지 않는 카드를 만들었다. 이것이 한동안 잊고 있던 나의 첫 조합 데뷔다.

한 가지 일에 빠져 단순하게 움직이면 무언가가 만들어진다는 게 마냥 신기하기만 한 나이였다. 집안 사정이 어

려워지며 어쩔 수 없이 하게 된 일이었지만, 그 일상 또한
나를 키웠던 걸까. 작은 손으로 조물조물 입체 카드를 만
들고 있자니 여러 생각이 말풍선처럼 퐁퐁퐁 떠올랐다.

'이 카드를 받는 아이가 있겠지? 좋겠다.'

'너무 재미있다. 이렇게 만들어지는구나.'

'그런데 나는 이런 카드를 받으며 기뻐해야 하는 나이
가 아닐까?'

'친구들은 아무도 모를 거야. 나는 펼치면 소리가 나는
카드를 만들고 있어.'

가족과 거실 바닥에 앉아 조합을 하던 집은, 멍들어버린
사과와 닮았을지도 모른다. 하지만 라디오를 들으며 떠들
기도 하고, 혼자 깊이 생각에 빠지기도 하며, 구부정한 자
세로 조각들에 집중하다가 오늘치 목표를 함께 이뤄냈을
때 자세를 고쳐 앉으며 "끝났다!" 하고 외치던 순간은 그
하루 안에서만큼은 기쁨이었다.

오빠와 나는 웃으면 안 되는 분위기에서 웃기 위한 틈
을 만들고 싶은 아이로 자랐다. 크리스마스트리를 가져
본 적 없는 어린 시절이었지만, 조금은 다르고 이른 크리
스마스의 기억이 이렇게 손끝에 남아 있으니. 그렇게 생
각하지 않으면 내일로 눈을 돌릴 수 없다는 걸 그때 이미
알았던 걸까.

'잠깐, 이거 조금 슬픈 일 아니야?' 하는 생각이 들 때
면 얼른 눈앞의 흥미에 집중하던 어린 나. 지금을 사는 나
의 마음 또한 그때와 크게 달라지지 않았을지도 모른다.

사람은 생각보다 참 일찍 만들어지는구나.

(TV)의 기운

아침에 눈을 떠서 끔뻑이는 순간에 소리는 실재하지 않는다. 적어도 인간의 귀에는 어떤 소리도 들리지 않는다. 눈을 뜨고 몸을 뒤척이는 소리라면 모르겠지만, 자다 깨서 눈을 뜬 순간에는 아무것도 들리지 않을 텐데 늘 곁에 있는 키키에게는 내가 깬 것을 들켜버린다. 개의 귀에는 끔뻑이는 소리가 들리는 걸까?

잠에서 깨어 정신을 차리려고 두 눈을 힘없이 끔뻑이다 보면 키키는 이제야 일어났냐는 듯 몸을 일으켜 쳐다본다. 그러다가 침대로 훌쩍 올라와서는 가만히 나를 내려다보며 제대로 된 기상을 재촉한다. 다시 자는 척을 하기에는 이미 늦어버린 기분.

혹시 이런 건가? 싶어 나는 눈을 동그랗게 떴다. 고등학교 시절, 학교를 마치고 집에 돌아왔을 때 현관문을 열기 직전 묘하게 감지되는 무언가가 있었다. 바로 TV의 기운이었다. 현관 밖에서는 TV 소리가 들리지 않지만 묘하게 느껴지는 기운으로 집 안에 누군가 있음을 알 수 있었다. 집에 도착할 때마다 현관 앞에서 눈을 지그시 감고 소리가 없는 소리에 집중하던 나. 혹시, 키키는 인간이 발신하는 무언가를 감지하는 게 아닐까. 그렇게 생각하니 키키가 대단해 보인다. 생각해보니 집에 친구가 놀러 왔을 때 키키의 반응은 쉽게 나뉜다. 평소 개를 무서워하는 친구에게는 마음을 잘 주지 않고, 개를 좋아하는 친구에게는 이미 몸을 던지고 있다. 현관 밖에서 TV의 기운을 감지하며 집 안에 가족이 있는지를 100퍼센트 맞출 수 있던 나처럼, 키키는 사람의 마음을 읽고 있다.

그런 키키에게 기상을 들키는 매일. 언제나 나보다 일찍 일어나는 키키는 오늘도 나를 내려다보면서 이야기한다.
"일어나, 나가자."
어떤 날은 이렇게 내려다본다.
"이 정도면 다 잔 거 아닐까?"
소리가 들리지 않는 대화가 선명한 아침.

〈황금향〉이 알려주었다

　북 페어 참가를 앞둔 일주일은 너무나 짧다. 일주일만 더 주어진다면 많은 것을 준비하고 만들 수 있을 것 같은데, 눈앞에 놓인 시간이 야박하기만 하다. 사실 내가 나에게 준 시간이면서 말이다. 내가 차린 시간 테이블이 어쩌나 짜디짜고 야박한지 모른다. 그릇들이 바닥으로 쏟아질 정도로 넘치게 차려진 밥상 앞에 쭈그리고 앉아, 내내 시계를 올려다보며 급히 식사를 하는 듯하다.

　'시간이 조금만 더 있으면 맛있게 먹을 텐데!'

　하지만 알고 있다. 일주일이 더 주어졌다고 해도 똑같았을 거란 걸….

그런 와중에 A3 포스터 인쇄에 쓸 종이를 사기 위해 오랜만에 서울 을지로에 위치한 지류 판매점에 갔다. 각종 종이가 가지런히 꽂힌 벽에 둘러싸인 기분은 몹시 좋았다. 유광이며 무광인, 미색이며 다색인, 무엇이 될지 모르는 종이들이 4절 단위로 똑같이 누워 있는 수납장 사이를 이리저리 돌아다니는 시간은 지금 이 시기이기에 마주할 수 있는 즐거움이었다. 내가 보고 싶은 종이의 최종 모습을 상상하며 제작비와 제작 사양에 맞는 종이를 한참 찾아보다가 결국 일전에 사용했던 종이를 골랐다. 크라프트지 느낌이 나지만, 자세히 보면 종이의 결이 보이고 심지어 형광색의 티끌이 박혀 있는 나름 고급 종이다. 나니까 예뻐 보이는 종이일지도 모른다. 어째 종이에 대한 취향은 쉽게 변하지 않는 것 같다.

　필요한 만큼의 종이를 세어보고, 맞는지 또 한 번 세어본 후에 구입을 마치고 곧장 인쇄소에 가져가 인쇄를 맡겼다. 그제야 긴장이 조금 풀어져서 인쇄소 바로 앞 호프집에 들어가 생맥주 500cc를 벌컥 마시고 집으로 돌아왔다. 무언가를 만드는 과정에는 실컷 움직이는 내가 있다.

　집에 돌아와 편한 옷으로 갈아입고 입에도 휴식을 주고 싶어서 과일을 찾았더니 단감과 황금향이 한 알씩 남아 있어 묘한 안도감을 느꼈다. 우선 단감을 깎고, 손으로 황금향 껍질을 벗기는데 돌연 손이 따끔했다. 몰랐던 상처가 손에 있었다. 황금향의 시큼한 즙이 닿자마자 상처는 선명해졌고, 통증 또한 그러했다. 언제 다친 거지? 생각하자마자 '종이' 두 글자가 떠올랐다. 종이를 세면서 다친 상처였다. 다친 줄도 모르고 정신없이 돌아다니고, 종이를 옮기고, 맥주까지 마신 나. 황금향이 알려주지 않았다면 내내 몰랐을지도 모른다. 문득 마음이 뜨거워졌다. 요 며칠 힘들었지만, 힘들다는 말을 달고 살았지만, 사실은 꽤 즐겁게 지금에 집중하는 마음이 더 진하게 차지하고 있다는 걸 매일 느끼는 요즘이었다.

지난여름의 (CD) 한 장

1월 1일이 된 지 몇 분 지나지 않았던 심야에 하나의 곡이 입에서 흘러나왔다.

"담담한 담담한 마음을 녹아내리는 듯한 비."

임의 재생모드로 튀어나온 노래처럼, 예기치 않은 노래가 내 입에서 나도 모르게 흘러나올 때가 있다. 어디서 들어본 아는 노래. 제목보다는 멜로디가 먼저 들어온 노래. 언제 어디서 들었는지, 어떻게 나에게 닿았는지 골몰해보니 기억의 페이지는 지난여름의 저녁 시간까지 넘겨졌다.

지난 8월, 소중한 친구 한 명과 함께 좋아하는 카페에서 공연을 봤다. 처음 알게 된 음악가의 내한 공연이었다. 전혀 모르는 멜로디들 사이에서 특히 한 곡에 친근한 감흥이 일어났는지, 방금 들은 노래를 어느새 따라 부르고 있었다. 그런 나 자신을 그냥 지나치지 않고 CD 한 장을 샀다.

그렇게 구입한 CD인데 한동안 가방에 넣은 채 늘 같이 다니다가, CD에게 매번 똑같은 골목만 구경시켜주고 있다는 생각이 들어 집 어딘가에 진열해둔 채 겨울을 보냈다. 내 입에서 흘러나온 노래가 분명 그 CD에 수록된 곡이라고 믿고는 계속 노래를 부르며 CD를 찾았다.

찾는 데는 한참이 걸리지 않았다. 다른 CD와 LP와 함께

겹쳐둔 것을 어렴풋이 기억하고 있었다. 오랜만에 CD를 꺼내 가사집을 훑었다. 제발 이 노래가 있어라. 있어라. 주문을 외웠다. 1번 트랙부터 차근차근 살펴보았는데 마지막 장에 가까워질 때까지 보이지 않아 마음이 떨렸다. 그리고 마지막 7번 트랙에서 마주한 반가운 단어. 비(雨).

　며칠 전 크리스마스 선물로 받은 CD플레이어에 CD를 넣고, 흘러나오는 노래를 들으며 본격적으로 따라 불렀다. 뮤지션의 이름이 생각나지 않아 공연에 입장할 때 받았던 유인물을 찾아보니 '혹성을 세는 법'이라고 적혀 있다. 음악가의 이름을 가장 마지막에 알게 되는 곡이 이렇게 가끔 존재한다.

　지난여름의 나는 이럴 줄 알았을까. 나와 산 지도 참 오랜 시간이 지났다는 생각이 살포시 공기에 떠다닌다. 마침 겨울이고, 나는 이 감정을 따뜻하게 느끼고 있었다.

　지난여름의 나에게 고마움을 보내며, 그제야 새로운 한 해의 표지를 매만져보았다.

(시간이 머무는) 사물들

시간이 머무는 (종이)

　마음이 힘들다 감각될 때면 나는 곧장 몸을 숨긴다. 일정을 최소화하고 관계를 축소시킨다. 필요치 않은 말은 삼가고 되도록 나를 그저 나로 둘 수 있게 한다. 끼니는 챙기지만 너무 잘 해 먹으려 노력하지는 않는다. 기껏 차린 밥이 의미 없어지는 순간이 찾아올 수도 있기 때문에. 그런 순간을 부러 만들지 않는 것 또한 내가 나를 지키는 행동이다. 미끄덩하며 급속도로 어두운 나락으로 빠지는 일은 언제나 사소한 계기로 갑자기 찾아온다.

　어둠이 좀처럼 걷히지 않는 나날이 계속되면서 노력하지 않아도 되는 사람만을 만나며 집에만 있었다. 급한 업무는 집에서 해결했고, 어쩌다 보니 일도 여럿 거절하게 되었다. 이래도 되나? 싶은 마음이 들기도 전에 내가 나를 자꾸만 챙겼다. 내 상태가 꽤 위험하다고 느끼는 순간, 번쩍 불이 켜지면서 내 안의 또 다른 내가 벌떡 일어섰다. 나중에 안 사실이지만, 스스로 위험하다고 느끼는 것은 무엇보다도 다행인 일이었다.

　"그런 상태가 반복되면 위험하다고도 생각 못 하게 되거든요."
　누군가가 말해줘서 알게 되었다. 위험한 상태라는 걸 알게 되었다고 해서 딱히 더 신경 쓴 것은 없었다. 그냥 지금의 일상을 인정하며 나의 상태를 인지하는 것. 그뿐이었다. 처음으로 한 달이나 작업실에 가지 않고 있다는 걸 깨달았다. 늘 내 몸을 숨기던 일터마저 멀리하는 마음을 적어도 나만큼은 놀라지도 이상하게 생각하지도 않기로 했다. 그저 '그러려무나' 할 뿐.

'어쩌면 오늘의 내가 가장 건강하다'는 문장 하나가 어두운 방에 두둥실 떠오른 날, 다음 날이 밝아지기를 기다렸다가 자전거를 타고 작업실로 출근했다. 무엇이 원래의 일상인지는 모르지만, 내가 알던 일상으로 돌아갈 수만 있다면야 더 바랄 게 없었다. 자전거 페달처럼 매일이 똑같이 흘러가는 그런 날들. 하지만 분명히 속도를 내고 나아가고 있다는 걸 알고 있었다.

오랜만에 작업실 문을 열었다. 마지막으로 내가 머물던 모습 그대로, 나만을 제외하고 여전히 그 자리에 있는 내 물건들을 마주하자 몹시 안정되었다. 자리를 만들어주고, 자리가 없어 그저 쌓아두고 포개둔 것들이 어느새 딱 맞는 자리가 되어 있었다. 그 자리에 그저 있는 것이 사물의 할 일인데, 그 장면에 마음이 나지막이 가라앉는 건 왜일까. 벽에 붙은 종이도, 책상에 쌓아둔 책도, 샘플로 모아둔 문구들도, 내 그림과 낙서들도 그대로 머물고 있다. 한 가지 조금 달라진 건 종이들의 농도가 이전에 비해 짙어져 있다는 것.

책상에 앉아 마주한 벽을 올려다보니, 붙인 순서대로 종이의 색이 달랐다. 아주 예전에 붙인 건 누런 기운이 강해졌고, 가장 최근에 붙인 종이는 아직 원래의 색에 가깝다. 같은 종이인데도 시간에 따라 색이 변해 있었다. 종이는 먼지를 빽빽하게 받아들일 수 있구나. 변할 수 있는 데까지 가버릴 수 있구나. 나에게 찾아온 어둠 때문에 알게 된 종이의 빛이었다.

숨을 크게 들이쉬고 내뱉었다. 종이와 함께 머물던 공기, 친숙한 내음. 그저 붙여진 그대로 붙어서 지난 시간을 머금고 있는 종이들에게 나는 정말로 무언가를 배웠을까.

언젠가, 긴 시간 동안 드문드문 붙인 종이들을 모두 떼어내야 할 날이 오겠지. 그때의 내 색과 제일 처음 붙여둔 종이의 색이 얼마큼 비슷할까. 흐르는 시간을 머금은 여백 있는 사람이 될 수 있을까. 한정된 시간이지만 그 안에서 내가 둔 물건들, 내가 붙인 종이와 함께 나 자신도 충분히 놓여 있는 장면을 자주 만든다면, 종이에게 배운 대로 나 또한 어느 부분만큼은 진해져 있을지도 모른다.

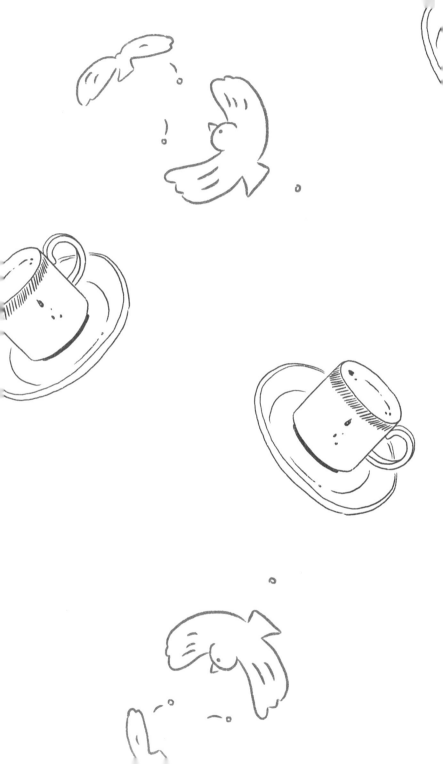

06

(우리를 위한)

사물들

〈포스트잇〉이 사는 마을

휴일 오전, 자전거를 타고 친구를 만나러 가는 길목에서 익숙한 냄새를 맡았다. 찬 공기 사이에서 아주 잠깐 느낀 그 냄새에 왠지 마음이 놓였다.

'이건 떡볶이 냄새다.'

자전거 도로에 올라 멈추지 않고 페달을 밟았다. 콧속에는 아직도 냄새의 기운이 남아 있다. 정확히는 뜨거운 물에 풀어넣은 떡볶이 양념이 이제 막 끓어오르는 냄새였다. 갓 구운 빵 냄새가 있듯이, 갓 만든 떡볶이의 냄새라는 게 있다. 아직 걸쭉하지 않은 국물에 고춧가루들이 요란하게 끓어오르는 장면이 그려졌다. 이 동네에 살고 있다는 생각이 새삼스럽게 들자 미소가 지어졌다. 지나쳐 온 한 건물에서 누군가는 오늘의 떡볶이를 만들고 있다. 그런 사실 하나가 동네 안에서 나와 함께 존재하고 있다.

무언가에, 어딘가에 적응하기가 점점 어려워지는 시대다. 어느샌가 간판이 떨어져나가고 새로 공사 중인 가게를 마주할 때면 이전에 어떤 모습이었는지 도무지 생각이 나지 않아 혼란스럽다. 내가 너무 매정한 눈으로 지내는 걸까. 어렴풋이 기억날 것도 같지만 자세히 들여다본 적이 없기에 생각날 리 없다.

수많은 이사와 변화를 겪으며 내 기본자세는 언제나 포

스트잇. 나도 상점들도 포스트잇만큼의 접착력으로 지내고 있으니 쉽게 동네라는 마음을 품기가 어려웠을지도 모르겠다. 그러다가 떡볶이 냄새 같은 사소한 계기 하나로 조금씩 나의 동네라고 인정하게 되는 것 아닐까.

작업실에서 나와 집에 가지 않고 동네 서점에 들렀던 어느 이른 저녁. 책장에 놓인 신간들을 살펴보는데 서점 문이 열리는 '띠띠띠띠' 소리와 함께 비닐봉지 소리가 났다. 나도 모르게 고개를 돌려 봤더니 편한 복장을 한 사람이 검정 비닐봉지를 들고 익숙하게 걸어 들어왔다. 그 소리와 모습에 '동네'라는 단어 하나가 둥실 떠올랐다.

책 한 권을 골라 계산하고는 집으로 향하며 나는 내가 이곳에 살고 있다는 사실 하나를 굳이 떠올렸다. 그렇구나. 나는 이 동네에 살고 있구나. 그런 새삼스러운 마음 하나가 오늘의 나를, 내일의 나를 안정시키고 있었다.

그 어떤 곳보다 서점이 그렇다. 동네에 있는 서점에 갈 때마다 동네 사람들을 만나며 조금씩 이곳에서 지내는 마음이 당연해지고 있다. 그 서점의 폐점 시간이 좋다. 9시 20분경, 마감 방송이 흘러나오면 여기저기 흩어져 책을 보고 있던 사람 중 몇 명이 계산대로 조용히 모여들어 줄을 선다. 각자 고른 책을 껴안고 줄을 서 있는 저녁의 시간. 이렇게 동네의 사람들과 서점이 유지되고 있다는 것만으로도 아주 옅은 든든함이 생기고 미소를 머금게 된다.

이 동네에서 조금 더 살아가고 싶다는 생각은 큰 응원이 된다. 도시인에게는 꿈꾸기 어려운 내일이지만, 어딘가에 강력히 접착되기 힘든 인생이지만, 그렇기에 동네의 바람에 기꺼이 흔들리며 그것들을 느낄 수 있는 것 아닐까.

+ 2007년에 붙은 동네 서점의 포스트잇은 2020년에 떨어졌고, 저는 그즈음 같은 동네에 새로운 포스트잇을 붙였습니다. 이 동네를 계속 나의 동네로 느낄 수 있도록 지난 포스트잇의 자국을 잊지 않으려고 합니다.

기도를 담은 (쓰레기)

종교는 없지만 기도는 하고 있다. 조금만 내버려두면 한껏 생각하기 바빠지는 인간이기 때문에. 기도의 방법은 사실 여러 가지라고 생각한다. 앉아서 손을 모으고 하는 기도, 접은 몸을 바닥에 가까이 붙이며 하는 기도, 누군가를 꽉 껴안고 읊조리는 기도, 달빛 아래에서 고개를 숙이고 하늘로 보내는 기도, 울음으로 내보내는 기도, 자기 전에 떠오르는 희망 같은 기도.

나도 어떤 밤이면 불 꺼진 방에서 누군가를 위해 혹은 나를 위해 고개 숙이고 기도하지만, 평소 뜨거운 마음으로 하는 기도는 따로 있다. 땀을 뻘뻘 흘리며 쓰레기 분리수거를 하면서 비는 기도다. 도무지 내 힘으로 나아질 수 없는 것들이 있고, 그것들에 맞서기에는 나라는 개인이 미약하기 그지없는 작은 존재라는 게 슬퍼서 쉽게 지쳐버리곤 한다. 그래서 우는 것 대신에 날카로운 마음으로 분리수거하는 것을 택했다.

살고 있기 때문에 쓰레기를 만들어내는 매일에 대한 속죄이기도 하고, 편하게 살기 위해 마련된 것들을 당연한 듯 누리는 매일에 대한 사과이기도 하다. 거북이의 콧속에 박힌 빨대와 철새의 몸속에 가득 찬 플라스틱 쓰레기

사진에서 인간이기 때문에 죄를 짓고 있다는 사실을 보았다. 산책길에 키키가 달려든 박스에는 먹다 만 치킨이 뼈째 가득했고 내 심장은 낮게 뚝 떨어졌다. 어떻게 이걸 그냥 버릴 수 있지? 아무리 이해해보려 해도 내 머리로는 무리다. 일회용 그릇에 떡볶이 국물을 그대로 남긴 채 재활용 봉투에 버리는 사람도 우리 집 근처에 산다. 쓰레기를 버리는 모습만으로도 그 사람에 대해 알 수 있다고 생각한다. 적어도 동물을 사랑하지 않는 사람이라고 멋대로 생각한다. 나는 이렇게 아주 편협한 사람이 되더라도 쓰레기에 대해선 까다롭고 싶다.

나는 무엇을 할 수 있을까.

내 기도는 이렇다.

박스에 붙은 테이프를 뜯어내고 얇게 접어서 종이 이외의 것이 없게 만든다. 빨대는 되도록 사용하지 않지만, 사용했다면 가위로 잘라서 버린다. 조금이나마 빨대가 아닌 것으로 버려지게 하려는 기도다. 인터넷으로 장을 볼 때는 패키지 사진을 참고한다. 가령 토마토라면 플라스틱 통보다는 비닐을, 비닐보다는 종이 박스에 든 것을 고른다. 그렇기에 패키지 사진이 있는 상세 페이지를 좋아한다. 맥주 캔이나 주스 병 등은 물에 헹궈서 말린 후 버리고, 페트병은 라벨 비닐과 뚜껑, 뚜껑 밑 플라스틱을 분리하고 뚜껑 밑의 플라스틱은 가위로 잘라서 버린다. 작고 동그란 플라스틱을 목에 낀 채 사는 새가 어딘가에 존재한다. 그 플라스틱을 잘라주는 마음으로 내가 쓴 것을 자른다. 깨진 유리는 신문지에 싸서 '유리 조심' 메모를 붙인 후 버린다.

우는 대신에 내 몸을 써가며 한껏 뜨겁게 움직이다 보면 눈앞에는 집 앞만큼의 희망이 보인다. 이 기도는 지구에서 태어나 살고 있는 크고 작은 여러 생명체를 위한 나의 염원이다.

혼자 살게 되어서 가장 좋은 점은 쓰레기를 버리고 싶은 대로 버릴 수 있다는 거다. 혼자 유난을 떨어봤자 모두가 대충 버리니까 소용이 없다는 말과, 살 만하니까 그런다는 말을 듣지 않을 수 있다. 하지만 현관문을 열고 나와 거리에 서면 도무지 걸을 수 없을 것 같은 기분이 든다. 나의 기도는 동네의 전봇대마다 걸려, 저 멀리 날아가는 한 마리의 새라는 신에게는 다다르지 못했다. 플라스틱에 온몸이 감긴 것 같은 기분이 들지만, 기도는 멈추지 않을 테다.

+ 며칠 전 집 앞을 날아가던 직박구리 목에 플라스틱 쓰레기가 걸려 있는 걸 보았습니다. 그 앞에서 아무것도 할 수 없던 현실의 무력함에 무척이나 절망했습니다. 이 무거운 마음은 어디든 날아가는 직박구리에게 내내 연결되어 있을 것 같습니다.

내가 고른 (천)

아주 재미있는 일이 있었다.

급히 부끄러워져 얼굴의 온도가 바짝 높아지면서도, 입은 헤벌쭉거리며 마음에서 피어나는 웃음이 삐져나왔다. 창피하면서도 기쁜 순간이라니. 이런 일은 지금까지 없었다. 어디서부터 이야기하는 게 좋을까? '내가 고른 천'이라는 제목을 쓴 후, 한 달이 지나서야 이 이야기를 다시 하려고 한다. 이 글을 쓰는 게 오늘이 적임인지는 잘 모르겠지만 말이다.

서른 살의 임진아는 당시 회사에서 대리라는 직함을 달고 그저 한 명의 일꾼으로 자신이 기획한 손수건과 금속 배지 세트를 제작하고 있었다. 컴퓨터와 전화기만으로는 만들 수 없기에 직접 시장에 나가 천을 고르고, 배지 업체에 다니며 견적을 정하고, 종이 패키지 제작을 위해 박스 가게에 다니는 것이 기본 업무였다. 다리를 움직일수록, 전화를 걸수록 견적이 내려가는 세상에서 디자이너로 일했다. 지금과는 달리 내 몸을 이동시키는 걸 귀찮게 여기지 않았고, 오히려 할 일을 하나씩 처리하며 체크해가는 과정에서 나아짐을 느꼈다. 체크하기 위해 미리 공란을 만들어두는 사람이었고, 그 공란은 셀프로 만든 행복의 여백이었다.

우선 손수건이 되는 천. 동대문 종합상가로 가서 가장 첫 사용자이기도 한 나의 마음에 드는 천을 골라야 한다. 마트에 시식용 음식이 있듯, 종이에 샘플이 있듯, 천 또한 조각으로 재단한 샘플이 있어서 가져가거나 볼 수 있다. 우리는 그것을 '스와치'라고 불렀다. 업체에 처음 방문할 때는 유사한 이유로 또 방문할 필요가 없도록 쓸모 있는 스와치를 골라야 한다.

회사 사람들을 충분히 이해시킬 만큼 설득력 있는 천을 고르는 일은 어째 심리 게임 같기도 했다. 내 마음에 들고 동료에게도 좋은 반응을 얻었지만 상사의 취향과 어긋나는 천이 있는가 하면, 단지 가격 때문에 대표의 눈에서 쉽게 제외되는 천이 있고, 적절한 견적에 무난하지만 과연 정답인지 도무지 알 수 없는 천도 있다. 나와 여럿의 마음이 교차하는 어떤 부분을 상상해보며 천 먼지로 가득한 상가를 오르내린다. 끝내 내가 고르고 모두의 공감을 얻은 천은 잿빛의 칙칙함이 존재하는 하늘색, 종이로 따지자면 지우개질을 하면 표면이 금방 거칠게 일어나는 재생지 같은 질감의 천이었다. 종이에 대한 취향은 천에서도 얼굴을 내민다.

천보다는 조금 더 진한 블루 계열의 색으로 사방을 인터로크(천의 올이 풀리지 않도록 가장자리를 마무리해주는 방법)해서 마무리하기로 했다. 천의 크기는 재단할 때 잘려나가는 부분이 적고, 업체에서 이미 보유하고 있는 규

격으로 정했다. 제작을 해야 완성되는 디자인 세상에서
는 컴퓨터 앞의 시간만큼이나 계산기와의 시간이 중요하
다. 숫자에 약한 사람은 디자이너로 지내는 데에 어려움
이 있다는 사실을, 디자이너가 되기 전에는 아무도 알려
주지 않았다(생각해보니 면접 볼 때 "숫자… 좋아해요?"라는
질문을 들었고, "아니요"라고 대답했던 나였다).

천과 사이즈를 정했으니, 내가 고른 천 가게에 전화해서
발주를 넣고 팩스를 보낸다. 천은 을지로에 있는 재단 업
체로 옮겨지고, 재단된 후에는 곧장 위층에 있는 자수 업
체로 옮겨진다. 그 과정을 살피고 시간을 체크하며 때론
직접 옮기기도 하면서 내가 고른 천을 따라다니는 것 또
한 업무다. 자수 업체에서 인터로크 실 색상과 두께를 고
르고 옆에 서서 조금씩 완성되는 손수건을 지켜본다. 완
성되면, 실크인쇄 업체로 옮겨야 한다. 을지로에서 을지
로로 옮기는 것에 퀵 비용을 쓰고 싶지 않아(=영수증을 만
들고 싶지 않아=가지급금 서류를 작성하고 싶지 않아) 직접
실크인쇄 업체로 가져갔더니 사장님은 조금 놀란 듯했으
나 그럴 수 있다고 끄덕이는 눈치이기도 했다.

검은색의 큰 봉투 안에 가득 담긴 손수건을 꺼내 작업대
에 올려놓으니 바로 화색이 도는 사장님. 인터로크를 친
후에 갖다줘서 고맙다는 말을 들었다.

"재단하고서 바로 받으면 천 먼지가 날려서 종일 기침이
나거든요…. 아, 너무 잘했어요."

역시 칭찬은 밖에서만 듣는 회사원.

손수건에는 작은 그림과 문구를 인쇄하고, 그에 맞는 동작을 취한 사람 모양의 금속 배지를 손수건에 달아 포장하는 세트 상품이었다. 금속 배지의 여정도 말하자면 긴데, 생략하는 게 좋겠다. 어마어마한 양의 금속 배지를 하나하나 검수하던 나의 작은 손에게 미안한 생략이다. 세트는 다섯 가지 정도를 만들었지만, 지금 생각나는 문구는 "Grow Yourself"다. 머리 위에 난 새싹에 스스로 분무질하는 배지 세트였다. 입사하기 전 개인 작업에 자주 썼던 그림과 문구를 결국 회사에 제공하게 된 셈이었다.

그렇게 세상에 나온 나의 알갱이들은, 그리 잘 팔리지 않았지만 내 마음에 드는 상품으로 존재했다. 얼마나 애정이 있었는지, 손수건으로 쓰임이 괜찮은지 알아보기 위해 샘플로 제작한 것을 평소에 들고 다니며 사용해볼 정도였다. 애인과 싸우던 저녁에 눈물이 왈칵 쏟아져 손으로 닦으려다가 문득 잘됐다 싶어 가방 안에서 내가 고른 천을 꺼내 닦던 나였다.

'흡수가… 바로 되진 않네. 그래도 괜찮다.'

그런 나날로부터 긴 시간이 훌쩍 지나버렸다. 지나버렸는지도 모르게 아예 내 삶에서 삭제되었다. 그런데 그 손수건이 글쎄, 내 앞에 놓여 있는 게 아닌가?

한 해를 보내며 지인들과 선물을 나누는 자리에서 "진아씨 생각이 나서 샀어요" 하며 건네받은 선물이 바로, 내가 고른 천, Grow Yourself. 나는 얼굴에 모인 화끈거리는 열

에너지를 모른 척하는 데에 쓸 자신은 없었고, 반대로 기쁘게 외치는 데에 썼다.

"이거! 제가 만든 거예요! 회사 다닐 때!"

선물을 준 사람도, 받은 사람도 어쩐지 화끈거리는 순간. 하지만 나는 너무나 기뻤다. 내가 만든 게 아직도 어딘가에서 팔리고 있고, 이렇게 누군가가 사고 있다. 심지어 나를 떠올리는 물건으로. 가격이 검정 매직으로 지워져 있는 걸 보고 "이것도 제가 직접 기입했었지요" 하며 숨길 필요 없는 마음을 드러냈다. 우리는 모두 함께 웃으며 연말을 보냈다.

집에 돌아와 조용한 내 방에서 선물을 꺼내며 잔잔하게 웃었다.

"그래. 그로우 마이셀프다."

물건을 대다 (사물에게)

키키의 (리드 줄)

개와 산책하는 모습은 멀찍이서 바라보면 여유롭지만, 실상은 긴장이 감도는 시간이다. 언제 어디에서 어떤 일이 일어날지 모르는 세상에 뛰어드는 것 같은 마음으로, 키키와 나 사이에 연결된 끈을 단단히 잡고 키키에게서 눈을 떼지 않은 채 걷고 뛰고 있다. 개와 함께 다니는 이 구역의 아가씨라는 이유만으로 차가운 눈길과 호통을 듣는 것이 나에게는 일상이기 때문이다. 어린이 공원이라고 적힌 곳에는 들어갈 수 없거니와, 그저 지나가기만 해도 "이 동네는 개새끼가 왜 이렇게 많아"라는 소리를 듣는다. 강아지 똥을 안 치운다고 괜히 한소리 듣는 건 이제 안부를 묻는 인사말처럼 느껴지기도. 그렇기에 바로 대꾸할 문장을 입안에 준비하고 산책을 하고 있다.

여느 때와 다름없이 키키와 산책하던 초저녁이었다. 내 다리 가까이에 붙어 함께 걷는 키키를 빤히 쳐다보는 중년의 여성을 마주했다. 심상치 않은 눈빛이었기에 나 또한 상대의 입을 주시했고 내뱉는 말에 따라 바로 대처할 태세로 긴장하고 있었다. 이미 서로 지나친 상태에서 고개만 돌린 채 대화가 시작되었다.

"끈…."

"네?"

(우리를 위한) 사람들

내가 끈을 너무 길게, 아니 짧게 잡았나? 내가 무얼 잘 못했지?

"끈이 두껍고 좋네요…? 그런 끈은… 인터넷에서만 팔 겠죠…?"

나지막하고 느린 말투로 끈에 대한 정보를 물었다. 얼마 전 산책을 하다가 들른 강아지 용품점에서 새로 구입한 리드 줄인데 눈에 띄었나 보다. 연둣빛의 형광색에 3m 정도 늘어나고, 널찍한 파스타 면처럼 폭이 넓어 쓰기 편했다. 그제야 긴장이 풀어지며 웃음이 나왔다.

"이거요? 저기 큰길에 강아지 용품점 하나 있잖아요. 거기에서 샀어요."

"아… 개밥하우스요?"

"네. 맞아요!(이름이 개밥하우스였구나….)"

"그렇구나. 동네에서 살 수 있구나. 아이고, 고마워요."

나와 대화 중인데도 시선은 내내 키키와 키키의 끈만을 향해 있었다. 그 시선을 유지한 채 우리는 서서히 서로에게 멀어져갔다. 아마도 꽤 활동적인 개와 함께 사는 분이리라 생각했다.

그래, 혐오만이 있는 세상은 아니지. 동네에서 이루어진 우리만의 멍멍이 정보 공유에 마음이 조금은 풀렸다. 하지만 나와 키키의 산책 나날은 여전히 긴장과 함께일 테다. 하나의 공감이 하나의 혐오를 지울 수는 없으니. 혐오의 시선과 표정이 완전히 없어지는 날까지는 나와 키키를 지킬 한마디를 입에 꽉 물고 있을 것이다.

촉촉하지 않은 (디저트)

기지개 켜는 기분으로 방문하는 카페가 있다. 걸어가기 딱 좋은 정도의 가까운 거리에 있고, 언제나 노랫말이 없는 음악만이 선곡되고, 낮과 저녁 모두 그 시간에 맞는 분위기가 조성되는 카페다. 무엇보다 커피의 맛이 무척 마음에 든다. 커피 맛이 좋다고 느낀 건 첫입의 온도가 완벽해서였을까. 커피가 놓일 때 "뜨거우니 조심해서 드세요"라는 말을 들었는데 나에게는 딱 적당한 뜨거움이었다.

카페 아르바이트를 할 때 배웠던 뜨거운 아메리카노의 한 대목이 떠올랐다. 꼭 찬물을 소량 부어 커피 맛을 가장 잘 느낄 수 있는 온도로 만들어야 한다고 모처럼 진지하게 말하던 사장님.

"커피를 마실 생각에 들떠 있는데 첫입이 너무 뜨거우면 기분을 망치잖아요."

나는 맞아요 맞아요 하며 밝게 웃었던 기억이 있다. 뜨거우니 조심해야 한다는 말에 왠지 겁이 나서 입으로 바람을 불며 커피를 조금 식히다가 더는 눈앞의 커피를 두고만 볼 수 없어 호로록 마셨는데 어찌나 기분이 좋던지. 그 적당한 뜨거움을 맛본 후, 커피를 확실히 이용해야 할 때마다 몸을 움직여 방문하고 있다. 마음의 스트레칭이 이루어지며 생활에 빈틈을 만드는 시간이다.

또 추가할 이 카페의 좋은 점. 디저트도 잘 갖춰져 있다. 케이크와 구움과자 등이 카페 분위기에 맞는 모습으로 카운터에 조용히 머물고 있다. 그저 그날의 기분에 맞는 디저트를 고르는 순간을 즐기기 위해 몸이 그닥 원하지 않을 때도 디저트를 사는 나. 지난번에 스콘은 먹었으니 오늘은 파운드케이크를 겪어볼까 싶어 따뜻한 아메리카노에 초코 파운드케이크를 주문했다.

언제나 이곳의 디저트는 촉촉하지 않은 인상을 준다. 분명히 맛있고 공간에 어울리는 디저트이지만 촉촉함은 부족하달까. 그렇기에 이곳의 커피를 필요로 하는 맛을 내며 접시에 놓여 있다. 오물오물 씹다 보면 자연스레 커피를 쳐다보게 되는 묘한 순서에 이끌릴 때마다 마치 계산된 세계 속에 있는 듯한 기분이 든다. 혹시 이런 것까지 따져서 디저트를 만드는 걸까? 내가 너무 생각이 많은 걸까? 혹시 괜히 감동하고 싶은 걸까?

가만히 앉아 파운드케이크와 따뜻한 커피를 번갈아가며 입에 담다 보니 '테이블 위의 이 미묘한 디테일은 카페 그 자체를 대표하는 기운이 아니던가' 하는 소리 없는 말풍선이 떠오른다. 과한 친화력은 전혀 없지만 담백하고 고요한 분위기를 이끄는 두 명의 카페 주인에게서도 비슷한 기운을 느꼈다. 언제나 간단한 인사와 주문, 담백한 감사와 오늘치 작별 인사만을 나누는 곳. 하지만 문을 열고 들어갈 때 받는 인사에서 아주 살짝 느껴지는 반가움으로 내가 이곳에 자주 오고 가는 사람임을 느낀다. 촉촉하지 않지만 그렇다고 퍽퍽하지도 않은, 호감 쪽에 가까울 수 있는 이 미묘한 감정은 나라는 손님에게는 완벽한 환대다. 카페나 식당에서 꼭 친근감을 느껴야 한다고 생각하지 않는 편이니까. 물론, 도착하자마자 요즘의 근황을 쏟아내는 단골 카페는 일상의 수면양말 같은 존재가 된다.

오후 4시가 넘은 시간. 겨울의 오후 4시에는 낮고 무거운 햇볕이 주인공이 된다. 카페의 블라인드에 맞춰 햇볕이 오후의 느린 기운을 늘어놓았고, 다른 테이블에 앉은 손님의 등에 일시적으로 굵은 스트라이프 무늬가 생겼다. 읽던 책을 내려놓고 남은 커피를 마시며 이 시간만의 카페를 둘러보는데, 카페 주인이 갑자기 밖으로 나가더니 조금 떨어진 곳에서 카페의 전경을 쳐다보았다. 자신의 카페가 지금 이 시각에는 어떤 모습인지 체크하는 걸까. 한 걸음의 거리를 두고 지금을 지켜보는 일은 자주 잊게 되는데, 누군가는 잊지 않고 생각나자마자 실제로 행하고 있었다. 그 모습을 안에서 지켜보며 어쩐지 마음이 부풀었다. 역시 이곳은 언제나 전체적으로 촉촉해.
'카페 안에 또 어떤 디테일을 말없이 수놓으려는 걸까.'

혼자만의 기분 좋은 상상으로 마저 기지개를 켜고 앉아, 식은 키피를 입에 부으며 일어날 시간을 자꾸만 뒤로 미뤘다.

우리가 아는 가장 차가운 (물건)

평소에 욕을 잘 하지 않는다. 학생 때도 그다지 하지 않아서 다행히 습관이 되지 않았는데, 습관이 되든 말든 상관없이 나도 모르게 욕이 흘러나올 때가 있다. 바로 여성의학과 검사를 받은 직후다. 언제나 생각한다. 도무지 익숙해지지 않는 장소라고. 그럼에도 다시 한번 더 생각한다. 그렇기 때문에 자주 와야 해.

도무지 익숙해지지 않는 건 검사 기계다. 게다가 그 차디찬 기계를 맞이하기 위해 하기 싫은 자세도 취해야 한다니. 눈을 질끈 감고 마음속으로 주문을 건다.

'1분이면 돼. 오늘 중에 딱 1분! 길어야 2분!'

하지만 그 1분은 항상 너무나 길다. 예상외로 검진이 오래 걸려 오래도록 자세를 유지해야 할 때면 마음속으로 다른 생각을 하려고 애를 썼다.

'무슨 생각을 하지? 느끼하지 않은 생크림이 잔뜩인 케이크를 먹고 싶다.'

눈을 감은 채 케이크를 떠올리는데 케이크를 먹는 내 손에는 포크가 아닌 검사 기계가 쥐여 있는 게 아닌가.

'역시 싫어. 역시 괴로워. 이 순간은 빵으로도 이길 수 없어.'

검사가 끝나고 커튼 속에서 옷을 갈아입을 때 입에서는

음소거된 욕이 절로 나왔다.

　세상은 계속 나아가고 있고 지금에 맞게 진화하고 있지만, 한 달에 한 번 월경을 해야 하는 것은 여전하고, 내 몸속의 자궁은 건강함을 스스로 알아채기 어렵기에 병원에 자주 가지 않으면 안 된다. 감기에 걸렸을 때처럼, 소화가 안 될 때처럼, 익숙한 발걸음으로 방문해야 하는데 말이다.

　병원을 찾은 이유는 건강검진 결과가 좋지 않아서였다. 여성의학과 진료가 시급하다는 진단. 오랜만의 건강검진이었기에 내내 불안했는데, 불안의 기운은 괜히 불어온 게 아니었다. 길을 걷다가 받은 결과 안내 메일에 그만 멈춰 섰다. 진작에 일상적으로 검진을 받았어야 했는데. 몇 달 전 친구들과 술을 마시며 건강검진 이야기를 하면서 웃던 내가 떠오르며 그간 게을렀던 나를 자책했다.

　병원 명칭이 '산부인과'가 아니었으면, 나는 더욱 일상적으로 이곳을 찾았을까? 어째서 아이를 낳는 며느리의 병원이라는 이름으로 내내 있는 거야? 이 부분에서도 욕이 나온다.

　입가에 소리 없이 묻은 욕을 털고서 커튼을 걷고 나왔다. 검사를 마치고 의사 선생님의 책상에 마주 앉아 한참 동안 내 몸에 대해 설명을 들었다. 밖에 대기 손님이 많았는데도 나를 위한 시간은 충분히 마련되어 있었다. 병원에 오기까지 무척 우울했는데, 상담 후에 우울감이 잦

아들었다.

　병원에서 흔히 듣는 호칭은 '환자분' 혹은 내 이름이었다. 그런데 이 의사 선생님은 호칭 대신 '우리는'이라고 표현하며 내 몸 상태에 대해 이야기를 이어갔다.

　"그러니까 우리는, 누구라도 이렇게 될 수 있어요."

　내 잘못이 아니었다는 것을 다른 언어로 말하고 있었다. 돌려서 하는 말이 아니라, 포근한 기운을 더해서 하는 말이었다. 그 '우리'라는 말에 나는 위로를 받았다. 의사와 환자가 아닌, 같은 여성으로 마주하고 있다. 차갑고 싫은 검사 기계 앞에서 동등한 우리처럼.

　"지금 바로 수술할 수도 있어요. 하지만 1년 후에 사라질 확률이 90퍼센트예요. 우리, 확률 게임 한번 해볼까요?"

　나는 그제야 조금 웃을 수 있었다. 그리고 왠지 다른 눈물이 나올 것만 같았다.

　정말로 말에는 힘이 있다고, 그 작은 차이가 나를 우울의 근처에서 잡아주었다고 생각한다. 병원에서 나오니 며칠 전 내가 멈춰 섰던 길목이 보였다. 지금의 내 상태는 며칠 전 그대로이겠지만, 나는 조금 나아져 있었다. 조금 심한 감기에 걸린 것뿐이라고 생각하며 집을 나설 때보다 옷을 잘 여미고 집으로 돌아갔다.

(우리를 위한) 사랑들

투명한 (책) 한 권

지난 하루가 오래도록 눈이 가는 날이 있다. 지나도 지나도 선명한, 지날수록 상상이 더해져 풍성해지는 하루.

낯선 야외 공원에서 오랫동안 좋아해온 음악가의 공연을 본 날이 그렇다. 오후 5시경에 시작한 공연은 밤 9시에 가까워서야 끝이 났다. 하늘이 배경이 되는 야외 공연장이다 보니 시간의 흐름은 매 순간 공연의 한 요소가 되고, 바람과 구름의 움직임은 일부러 꾸며둔 장치처럼 느껴졌다. 그리고 무대를 바라보며 비슷한 얼굴을 내미는 낯선 사람들과 나. 이 순간 함께 모여 있기 위해 각자의 삶을 잘 살아냈을 거라고 생각하니 이상하게 마음이 들끓었다. 아주 잠깐 함께하는 이 순간에 나는 아주 진하게 안심한다. 그리고 이 힘은 내일부터 긴 응원이 되어줄 것이다.

음악은 그림자를 닮아서 내 일상에 쉽게 미친다. 때론 덕분에 겨우 살아내기도 하고, 별거 없던 하루가 좋은 의미로 이해되기도 하며, 나 대신 진한 기억으로 기꺼이 남아주기도 한다. 잠잠하기만 한 하루이지만 노랫말과 멜로디의 영향을 받아 내일을 바라보며 나지막이 걷다가, 공연이라는 희망에 모여드는 게 아닐까. 음악에 영향을 받았다는 단순한 표현이 어째 마음을 울린다. '영향(影響)'이라는 단어에는 '그림자(影)'가 '울려퍼진다(響)'는 장면이 들어 있다.

그렇게 만난 우리 모두가 기다린 한 곡이 울려퍼지는 순간, 하늘 위에는 저마다의 경험으로 해석된 이야기들이 떠 있다. 하나의 곡은 충분히 한 권 분량의 책이 될 수 있지 않을까. 노랫말에 자신의 삶을 투영하여 이해하는 일은 그다지 옳은 감상법이 아닐 수 있지만, 공연장에서는 조금 달라진다. 그간 노래에 영향받아온 지난날을 기어코 꺼내게 된다. 나를 둘러싼 낯선 이들은 저마다의 에피소드로 감동하고 있겠지. 나와 비슷할까? 다를까? 다르다면 어떤 게 다를까?

나는 어느새 하늘로 시선을 크게 옮기고는 한 곡에서 시작된 모두의 에피소드가 담긴 두툼하고 투명한 책 한 권을 그리며 수선스럽게 마음을 고조시킨다. 오늘의 일력에는 투명한 책 한 권이 두둥실 그려져 있을지도 모른다. 그렇게 모인 이야기들을 모두 알 수만 있다면 얼마나 좋을까. 꼭 한 번 읽어보고 싶은 가장 두꺼운 책이다.

(우리를 위한) 사묘들

차근차근 쌓인 사물 이야기를 지나오며
어떤 사물을 떠올리셨나요?

음식인지, 음식의 재료인지,
한 손에 올릴 수 있는 무게인지,
손가락으로 사용하는 물건인지,
전기가 필요한지,
아주 크지만 가벼운지,
가볍지만 묵직한지,
어린 시절부터 간직하던 것인지,
가장 최근에 곁에 놓인 것인지,
누군가에게 선물해서 갖고 있지는 않지만
내내 마음속에 들어 있는지
저는 너무나 궁금합니다.

사물을 지긋이 바라보면,
어쩌면 오늘의 나에 대해 쓰고 싶어질지도 모릅니다.
그 하루는 분명 좋아할 수 있는 하루가 될 거예요.

그리고
이 책 한 권으로 당신의 오늘이 좋아졌다면
저는 더없이 행복할 거예요.

Editor's letter

'물욕'이 없지 않은 편이어서 특정 분야의 '사물'들에 쉽게 둘러싸이곤 하지만, 막상 그들에게서 무언가를 배운다는 생각은 한 번도 하지 못했던 저를 반성합니다. 알고 보니 이미 많은 것들을 배우고 있었네요. **민**

한 작가님과 두 권의 책을 함께한다는 건 꽤 특별한 일입니다. 첫 책 『빵 고르듯 살고 싶다』 후 2년 만입니다. 그 시이 작가님은 이번 책을 위해 한 달에 한 번 마감을 한 후 자방팀과 만나 근황토크/원고/미래의 굿즈 등의 이야기를 나누며 차곡차곡 시간을 쌓았어요. 함께 쌓은 그 시간이 이렇게 또 한 권이 되었습니다. 셈해보니 5년간 두 권의 책을 함께했네요. 앞으로의 5년 후도 떠올려봅니다. 작가와 편집팀, 그리고 주민님들이 함께 나이 들어가는 흐뭇한 모습도요. **희**

사물에 이름 붙이기를 좋아합니다. 예를 들어, 제 스피커는 민트색이라 '민식이'가 되었는데요. 스피커를 챙길 때마다 "야, 민식이 어디 갔냐?" 말하다 보면, 이상하게 그냥 스피커라고 부를 때보다 더 소중하고 대단한 스피커처럼 느껴집니다. 보고 있나? 민식아? 사물을 들여다보고 마음을 주는 일이 그런 것 같아요. 소중하고 대단해요. 이 (책)을 통해 또 많이 배웠습니다. **령**

오늘이 좋아지는 마법

(사물에게) 배웁니다

1판 1쇄 발행일 2020년 7월 7일
1판 3쇄 발행일 2021년 12월 28일

지은이 임진아
발행인 김학원
발행처 (주)휴머니스트출판그룹
출판등록 제313-2007-000007호(2007년 1월 5일)
주소 (03991) 서울시 마포구 동교로23길 76(연남동)
전화 02-335-4422   **팩스** 02-334-3427
저자 · 독자 서비스 humanist@humanistbooks.com
홈페이지 www.humanistbooks.com
시리즈 홈페이지 blog.naver.com/jabang2017
디자인 스튜디오 고민   **용지** 화인페이퍼   **인쇄** 삼조인쇄   **제본** 정민문화사

자기만의 방은 (주)휴머니스트출판그룹의 지식실용 브랜드입니다.

ⓒ 임진아, 2020

ISBN 979-11-6080-454-6 (03810)

• 이 책은 저작권법에 따라 보호를 받는 저작물이므로 무단 전재와 무단 복제를 금합니다.
• 이 책의 전부 또는 일부를 이용하려면 반드시 저자와 (주)휴머니스트출판그룹의 동의를 받아야 합니다.

이 도서의 국립중앙도서관 출판예정도서목록(CIP)은 서지정보유통지원시스템 홈페이지
(http://seoji.nl.go.kr)와 국가자료공동목록시스템(http://www.nl.go.kr/kolisnet)에서
이용하실 수 있습니다. (CIP제어번호: CIP2020026915)

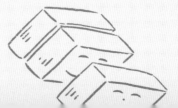